作为解构策略的修辞
——保罗·德·曼批评思想研究

RHETORIC AS STRATEGY OF DECONSTRUCTION
A Study of Paul de Man's Critical Thinking

王 云 著

上海外语教育出版社
外教社 SHANGHAI FOREIGN LANGUAGE EDUCATION PRESS

图书在版编目(CIP)数据

作为解构策略的修辞:保罗·德·曼批评思想研究/王云著.
—上海:上海外语教育出版社,2017
(外教社博学文库)
ISBN 978-7-5446-4933-9

Ⅰ.①作… Ⅱ.①王… Ⅲ.①德曼(de Man,Paul 1919-1983)-修辞-解构主义-文学研究 Ⅳ.①I712.06

中国版本图书馆CIP数据核字(2017)第099117号

出版发行: **上海外语教育出版社**
(上海外国语大学内) 邮编: 200083
电　　话: 021-65425300(总机)
电子邮箱: bookinfo@sflep.com.cn
网　　址: http://www.sflep.com.cn　http://www.sflep.com
责任编辑: 李健儿

印　　刷: 上海信老印刷厂
开　　本: 890×1240　1/32　印张5　字数143千字
版　　次: 2017年8月第1版　2017年8月第1次印刷
印　　数: 1 100册

书　　号: ISBN 978-7-5446-4933-9 / H · 2176
定　　价: 20.00元
本版图书如有印装质量问题,可向本社调换

博学文库编委会成员

（按姓氏笔画为序）

姓　名	学　校
王守仁	南京大学
王腊宝	苏州大学
王　蔷	北京师范大学
文秋芳	北京外国语大学
石　坚	四川大学
冯庆华	上海外国语大学
吕　俊	南京师范大学
庄智象	上海外国语大学
刘世生	清华大学
杨惠中	上海交通大学
何刚强	复旦大学
何兆熊	上海外国语大学
何莲珍	浙江大学
张绍杰	东北师范大学
陈建平	广东外语外贸大学
胡文仲	北京外国语大学
秦秀白	华南理工大学
贾玉新	哈尔滨工业大学
黄国文	中山大学
黄源深	上海对外贸易学院
程朝翔	北京大学
虞建华	上海外国语大学
潘文国	华东师范大学
戴炜栋	上海外国语大学

出版说明

上海外语教育出版社始终坚持"服务外语教育、传播先进文化、推广学术成果、促进人才培养"的经营理念，凭借自身的专业优势和创新精神，多年来已推出各类学术图书600余种，为中国的外语教学和研究作出了积极的贡献。

为展示学术研究的最新动态和成果，并为广大优秀的博士人才提供广阔的学术交流的平台，上海外语教育出版社隆重推出"外教社博学文库"。本文库遴选国内的优秀博士论文，遵循严格的"专家推荐、匿名评审、好中选优"的筛选流程，内容涵盖语言学、文学、翻译和教学法研究等各个领域。本文库为开放系列，理论创新性强、材料科学翔实、论述周密严谨、文字简洁流畅，其问世必将为国内外广大读者在相关的外语学习和研究领域提供又一宝贵的学术资源。

上海外语教育出版社

本书的写作
得到了

教育部人文社会科学研究规划基金
（编号：14YJA752014）
和
黑龙江省教育厅人文社科研究面上项目
（编号：12542323）

的资助

目 录

前 言 ··· ix

第一章 绪 论 ··· 1

  第一节 保罗·德·曼其人 ··· 3
  第二节 保罗·德·曼研究传承 ·· 6
  第三节 研究内容和方法 ·· 13
  第四节 本书的结构 ··· 15

第二章 保罗·德·曼解构批评思想的渊源 ························· 16

  第一节 20 世纪 60 年代与解构思想 ·································· 16
  第二节 认知方式与解构策略 ·· 19
  第三节 保罗·德·曼与新批评 ·· 23
  第四节 保罗·德·曼与结构主义 ······································ 27

第三章 修 辞——解构策略的新维度 ······························· 35

  第一节 西方修辞学：历史与现状 ···································· 35
  第二节 修辞与语法 ··· 39
    1. 语法的修辞化 ·· 40
    2. 修辞的语法化 ·· 41
  第三节 修辞与认知 ··· 44

第四节 修辞与文学性 …………………………………… 47

第四章 符号与认知——德·曼修辞解构策略之一 …… 53
第一节 修辞性阅读 …………………………………… 53
第二节 象征——建构统一性的符号化过程 ………… 58
  1. 象征——主体与语言的关系 ……………………… 59
  2. 象征——主体与自身的关系 ……………………… 65
第三节 隐喻——作为认识的修辞 …………………… 73
  1. 隐喻 ………………………………………………… 74
  2. 隐喻认识论 ………………………………………… 75

第五章 辞格解构与言语行为——德·曼修辞解构策略之二 …… 84
第一节 寓言(讽喻)——时间性修辞 ………………… 84
  1. 寓言概念的界定和演化 …………………………… 84
  2. 寓言的解构性 ……………………………………… 87
  3. 阅读的寓言——从修辞手法到阅读策略 ………… 93
第二节 反讽——否定的修辞 ………………………… 99
  1. 反讽种种 …………………………………………… 99
  2. "反讽的概念" ……………………………………… 102
第三节 劝说修辞——一种言语行为 ………………… 111

第六章 保罗·德·曼修辞解构策略的洞见与盲点 …… 120
第一节 保罗·德·曼的洞见 ………………………… 121
  1. 被遮蔽事物的读解 ………………………………… 121
  2. 不可读的寓言 ……………………………………… 123
第二节 保罗·德·曼的盲点 ………………………… 125
  1. 卢梭的"丝带"——隐喻替代与言语行为 ………… 125
  2. 德·曼的"猫"——解构的解构 …………………… 128

第七章 结论 …………………………………………… 130

参考文献 ………………………………………………… 134

附 录 …………………………………………………… 146

前言

本书旨在从修辞认知的角度探讨美国解构思想家保罗·德·曼的解构策略。德·曼是美国解构思想最重要的批评家,"耶鲁四人帮"的代表人物,也是最具争议性的人物。他是来自欧陆的文学理论家,其哲学功底深厚、知识丰富,著作语言艰涩,因此国内专题研究德·曼的学者并不多。本书最初的构思来自笔者在攻读博士学位期间对后现代主义文论的学习。其中解构策略部分体现出来的思想虽艰深晦涩,却具备特有的逻辑和思维。有鉴于此,笔者选取其中最具代表性的作家保罗·德·曼进行研究,并发表了相关论文。本书聚焦于德·曼对解构批评最主要的贡献——修辞解构策略,希望能够对解构批评的理解有所助益。

修辞解构策略反映了德·曼对修辞、叙事、阅读、批评以及意识形态的思考,实现了对转义修辞以及劝说修辞的重新认识,理论涉及哲学、符号学、修辞学、语言学等诸多领域,阅读对象横跨欧美的诗人、小说家、哲学家。为了更好地把握解构的思维、理解他修辞学意义上的解构策略,本书将对其从修辞意义上进行的解构做较为系统全面的阐释,即主要从其对批评、修辞、解构、认识、文学、语言等问题的理解着手,追溯其理论来源,从修辞的维度来呈现其解构脉络和策略意义;再现其解构批评与修辞认知的接合方式,正确认识在哲学、语言学以及符号学当前的发展语境下，德·曼对转义修辞和劝说修辞的再认识及其合理和不合理因素；总结其解构策略的洞见和盲点，认识其对哲学、语言学、修辞学以及文学阐释的独特贡献和价值。如此，一方面可以展现其解构思想的连贯性，较为全面地把握其从修辞维度着手进行的解构策略，另一方面可以还原修辞研究在当下文学文本研究中的价值和意义。

本书的写作得到了国家教育部人文社会科学研究规划基金（编号：14YJA752014）和黑龙江省教育厅人文社科研究面上项目资金（编号：12542323）的资助，特此致谢。

在此，我要衷心感谢我的导师李增教授。李老师扎实深厚的专业理论基础、敏锐而活跃的学术思维以及既关注传统又重视前沿的学术研究思路和方法为我树立了很好的榜样。感谢在耶鲁大学做富布赖特博士生项目时的导师 Paul H. Fry 以及 Harold Bloom 两位教授：Fry 先生的文学理论课以及浪漫主义诗歌分析让我对美国式的文论研究和诗歌研究大开眼界；Bloom 先生对于德·曼在耶鲁时期情况的介绍和分析让我对德·曼及其笔下的浪漫主义研究有了更为深刻的认识。我还要感谢陶家俊教授、宁一中教授、杨忠教授、张绍杰教授、刘建军教授、赵沛林教授、张颖教授、周贵君教授、刘国清教授等前辈和同仁的指导、帮助和支持。感谢匿名评审专家提出的宝贵意见，他们的意见使此书的内容更加科学合理。我还要感谢上海外语教育出版社的梁晓莉老师和李健儿老师，特别要感谢李老师的宝贵意见，他认真、严谨的审阅使本书避免了很多错误。由于个人的水平和阅读资料有限，行文如有疏漏，诚请同行和热心读者批评指正。

王云

2016 年 12 月

于黑龙江齐齐哈尔大学

第一章

绪　论

20世纪西方文学理论的发展历程可以看作是西方社会思想史在文学研究中的反映,解构批评便是其中的一例:它顺应其时西方社会状况和思维方式而生,同时也说明了法国哲学家雅克·德里达(Jacques Derrida)和美国批评家保罗·德·曼(Paul de Man)分别从哲学以及文学批评两个角度同时阐发解构思想的原因。解构思想似乎是一个驱不走的幽灵,它徘徊在思想史的深处,不怀好意地寻找任何一个文本大厦的可疑之处,然后以自己独特的方式来进行拆解。这种思想和实践动摇了千百年来人类思维定式中对确定意义的信仰和诉求愿望,而这种信仰和愿望的毁灭以及因此滋生出来的恐惧无疑会引起人们对它的强烈质疑。当德里达在1966年的结构主义大会上阐述自己解构思想的时候,也许他也不曾料到这会在思想领域和社会领域产生怎样巨大的影响;而以保罗·德·曼为首的耶鲁批评家们把解构思想引入文学理论批评的时候,可能也未曾料想文学解构的策略既拓展了文学批评空间,但也由于其特有的认知和思维方式、无从掌握的方法以及后来德·曼的丑闻而招致口诛笔伐吧。如今,当德里达已承认他的理论不够全面,耶鲁的解构批评家也由于保罗·德·曼身后曝光的丑闻而风光不再的时候,文学批评者却仍然无法摆脱解构思想的冲击,难以消除阅读解构文本时感受到的压迫和挑战。那么,解构思想独特的价值到底在哪里？作为文学评论者,解构对我们究竟意味着什么？解构思维代表了一种新的认知方式吗？把解构引入文学批评的契机究竟在哪里？文本解构所倚赖的解构路径或者策略究竟是怎样呈现的？解构批评只能为少数批评者所把持吗？还是每一个批评者都可以进行的操作实践？可以对解构进行解构吗？对这些问题的回答需要对解构思想的来龙去脉做一番细致的考量,只有这样才能在思维层面上和文本操作层面上对解构批评进行真正的反思和评价。

以德里达为代表的解构主义是后结构主义思潮的一部分,而后结构主义正是20世纪中后期在世界范围内产生巨大影响的重要哲学运动。解构思想质疑传统形而上学,颠覆本质神学、理性陈述和二元对立,充分关注文本符号自治权,因此不但在哲学上引领风骚,在文学批评方面也独树一帜。作为文学文本分析的策略,解构批评曾一度在美国取得了巨大的学术成就。20世纪70年代和80年代,解构批评称得上是美国最重要、最有影响力的批评思想,耶鲁批评家保罗·德·曼、希里斯·米勒(J. Hillis Miller)、杰弗里·哈特曼(Geoffrey H. Hartman)和哈罗德·布鲁姆(Harold Bloom)因而被称为理论怪杰,保罗·德·曼也被认为是"美国的解构主教"[1]。的确,解构主义从诞生那一刻起,就从未放弃过与意识形态的斗争。他们论述言语与书写、哲学与文学、文学与批评、语法与修辞等概念范畴并对二元对立进行拆解,目标直指传统的意识形态和权力话语。正如陆扬在其所编撰的《德里达:解构之维》(1996)前言里所说:它的要害就是离经叛道,反传统。[2] 虽然他们的思想和理论确有商榷之处,但是它确实为研究者提供了新的认知和思维方式,时至今日,其影响还变形地存在于女权主义、后殖民主义等文学理论中。也正是由于这一点,解构思想作为一个"潮流"或者"派别"虽已风光不再,但历史的发展证明了解构思想不但不应被简化为一种方法,甚至一种理论,相反,应该将解构视为一种经验,一种策略,一种新的认知方式,一种承前启后的历史结构的一部分。因此,对解构的深入理解是十分必要的。实际上,无论是从历

---

[1] Lehman, David. *Signs of the Times: Deconstruction and the Fall of Paul de Man* [M]. New York: Poseidon Press, 1991:143.
[2] 陆扬. 德里达——解构之维[M]. 武汉:华中师范大学出版社,1996:4.

史的角度还是从文学批评的角度来看,解构都并非只是一个标签式术语,而是综合了众多同时代研究的一种认知话语,它的目的也不是对单纯的文本意义的析解,而是通过对文本的解构达到对掌控西方传统形而上学的哲学认知提出质疑。细数解构的点点滴滴,不难看出这种思维方式带给我们的种种启示。因此,在对解构不甚了解的情况下,不能只以它将人们引向"虚无主义"而放弃对它的细致观照。正相反,理论界更应以一种理论生态观冷静面对并积极理解解构思想,只有从思维方式、概念范畴、理论和策略等方面向解构的纵深领域开拓,才能探寻出其所依赖的认识路径,才能在充分了解历史和传统的基础上客观地认识解构思想的意义。德里达的解构实践使符号学的影响从结构主义走向了解构主义,保罗·德·曼则已在文学领域的解构实践上与德里达的解构思想遥相呼应。作为文学文本的解构宗师,德·曼有着自己独特的解构策略,这就是主要来自认知发展、语言学、符号学、修辞学的策略。较之于德里达,德·曼更重视文本的修辞,常常从修辞维度入手对文本进行解构实践,本书旨在以耶鲁学派解构第一人保罗·德·曼的修辞解构策略为研究对象,对其进行梳理、整合、阐释、运用、批评以及评价。

第一节 保罗·德·曼其人

保罗·德·曼于1919年12月6日出生于比利时安特卫普,其父亲是一位制造商,祖父让·范贝尔斯(Jan van Beers)是比利时著名诗人,叔父汉德里克·德·曼不仅是作家,还是一位教授,并一直在比利时政府和社会党担任重要职位。德·曼家族文化上倾向于法国化,家族成员都会多国语言,因此德·曼从小就受到比较好的文化熏陶,这从他所广泛涉猎的各国哲学、文学以及语言学的著作就可见一斑,为以后从事社会科学的研究奠定了良好的基础。德·曼于1937年进入布鲁塞尔大学学习机械,后改为化学,后又转为社会科学;在校期间,曾参与编撰反对纳粹的文学刊物《自由研究丛刊》。但是,德·曼在毕业后曾在其叔父的帮助下,在比利时最主要的报刊《晚报》担任作家,而这份晚报当时是受控于德国的,其间,他为纳粹德国撰写了一些反对犹太人的文章,这些文章在1987年被一位研究德·曼的比利时学者奥特文·德·格里夫(Ortwin de Graef)发现,从而揭开了他的丑闻,而其本人在美国多年对此讳莫如深,连他在耶鲁大学的一些老朋友也无从知晓。二战结束后,在对一些涉及纳粹德国人士的审判中,德·曼并没有获刑。1948年,德·曼决定到美国发展;1949年至1951年,在纽约的巴德(Bard)学院教授法国文学;1958年,获得哈佛大学的硕士学位,并于两年后获得该校的博士学位。此后,他先后执教于美国著名学府:康奈尔大学(1960-1967),约翰·霍普金斯大学(1967-1970)以及耶鲁大学(1970-1983),1983年12月21日因癌症去世。

保罗·德·曼的学术生涯应该说是在美国开始并逐渐达到高潮的。其前期的文学研究主要集中于主体性、浪漫主义以及象征主义等范畴,受海德格尔、胡塞尔的影响比较大,这期间他的文学批评实践以新批评、结构主义以及现象学为主。20世纪70年代初,德·曼由约翰·霍普金斯大学转到耶鲁大学,此时他已与德里达结成好友,两人合作将解构思想在耶鲁大学传播开来,此后德·曼成为美国解构批评的先锋人物,耶鲁学派的最主要代表。德·曼一度任耶鲁大学比较文学系教授兼系主任,并且曾经与米勒以及哈特曼一起教授学生,迦耶德丽·查克拉沃蒂·斯皮瓦克(Gayatri Chakravorty Spivak)和芭芭拉·约翰逊(Barbara Johnson)都是其学生。德·曼所教授课程与其文学解构实践密切相关:尼采的修辞理论(1971-1972)、雅克·卢梭(1972-1973)、18世纪以及19世纪早期的语言理论(1974-1975)、反讽理论(1975-1976)、阅读与修辞结构、隐喻认识论(1976-1977)、黑格尔的《美学》(1979-1980)、黑格尔与英国浪漫主义(1980-1981)、从康德到黑格尔的美学理论(1982-1983)、18世纪和20世纪的修辞理论(1983-1984)等。可以看出,这些课程全都涉及德·曼解构批评的理论背景和主要内容。除此之外,德·曼还就浪漫主义、修辞学等题目专门开设过论坛,并且经常到外校讲学(详见附录)。德·曼的主要著作有生前出版的《盲点与洞见》(*Blindness and Insight*, 1970)、《阅读的寓言》(*Allegories of Reading*,

1979)以及身后出版的《浪漫主义修辞》(*The Rhetoric of Romanticism*, 1984)、《对理论的抵制》(*The Resistance to Theory*, 1986)、《批评文集, 1952-1978》(*Critical Writings, 1953-1978*, 1989)、《浪漫主义与当代批评》(*Romanticism and Contemporary Criticism*, 1993)、《审美意识形态》(*Aesthetic Ideology*, 1996)、《马拉美、叶芝以及后浪漫主义的困境》(*The Post-Romantic Predicament: A study in the poetry of Mallarmé and Yeats*, 2012)等,这些著述展现了德·曼从文学到美学再到哲学、从阅读到批评再到理论的一系列思考,反映了这位文学批评家对文学理论的贡献。

德·曼作为20世纪末文学批评史上最活跃的批评家,也是最富争议的人物。喜欢他的人敬畏于他的原创性,他的分析总是那么言简意赅、富有哲理并引人深思,而痛恨他的人则称他为"恐怖分子",认为他使批评走向了终结。在当今的文学批评以及文学理论的研究中,德·曼已经不再是一个辉煌的人物了,相反,由于其文章对语言指涉性的颠覆所造成的意义恐慌,及其去世后被揭露出来为纳粹撰写报纸的丑闻等种种原因,人们似乎已经将德·曼以及他的修辞解构思想边缘化了。然而,作为把解构思想引入文学理论的第一人,保罗·德·曼在20世纪美国文坛上的地位毋庸置疑,德·曼甚至于病逝后仍获颁耶鲁大学人文学科的斯特林教席。德里达认为德·曼在当代文学批评中的贡献斐然,因为他"使得大学内外、美国和欧洲之间的一切通道都重新畅通起来"①。米勒更是断言:"假如所有的男人和女人都变成德·曼所期望的那种读者,人类公正、和平的千年……就会到来。"② 事实上,德·曼在文学批评方面确实颇有思考,也正是由于这一点使他与德里达区别开来,他细致审慎的阅读、解构的思维方式以及从修辞入手丝丝入扣的分析不仅加深了对文学文本的理解,而且对语言学、哲学等问题的研究也颇有启发。

然而,德·曼的解构思想接受起来却有一定的难度。在哲学方面,

---

① Derrida, Jacques. *Memoires for Paul de Man* [M]. Revised edition. New York: Columbia University Press, 1989: vxii.
② Miller, J. Hillis. *The Ethics of Reading* [M]. New York: Columbia University Press, 1987: 4.

德里达的解构思想看上去更为清晰,也更具代表性;而在文学批评方面,米勒的解构显得更具有可操作性,相比之下德·曼的批评则显得艰深晦涩。因而,国内外对德·曼的研究从量到质都显得并不尽如人意。从事文学研究的学者提到德·曼的时候,通常会断章取义地引用他几句耳熟能详的话,殊不知这些语句如果脱离了文本,就很难还原其本来的意义,这是因为他的文本分析之中涵盖了很多复杂的思想和理论,而且其分析方式也非常具体细致,展现出与众不同的套路。德·曼的语言素养以及哲学功底使他的阅读和思考不仅涉及文学领域,尤其是欧洲浪漫主义作家的文学文本和理论文本,同时也把各个时代的哲学家乃至当代符号学家、语言学家、修辞学家的思想理论置于他的视野之内。因此,正确理解和评价德·曼的思想就要将他放在历史、哲学、修辞学、文学批评、欧洲语文学以及认知这些学科的交叉点上,随着这些学科的时代发展来认识其修辞解构策略的总体思路。

第二节 保罗·德·曼研究传承

解构批评 20 世纪 60 年代末在美国兴起,七八十年代蓬勃发展,其热度一直持续到 90 年代后期。在这一时间段中,美国学界对德·曼的研究固然不少,欧洲学界对其接受和研究也是著述颇丰。在美国本土,除德·曼仍在世时教过的很多学生、同事以及同时代学者对他的研究之外,在他去世后也曾经掀起过几次对其解构思想研究的高潮:1985 年,《耶鲁法语研究》(*Yale French Studies*)针对德·曼专门制作了一期纪念版;1987 年,德·曼在二战时为纳粹撰写的文章被挖掘出来,进而掀起了对德·曼的新一轮研究热潮——当然,这一时期主要以否定为主;2003 年,也是德·曼去世二十周年之际,美国现代语言协会(MLA)曾在会议中专门组织关于德·曼的议题,他的学生、著名文学理论家、西方后殖民主义思潮的主要代表斯皮瓦克做了相关发言,追溯了德·曼的思想从过去直到当时对她产生的影响;2007 年,马克·雷德菲尔德(Marc Redfield)

主编的文集《保罗·德·曼的遗产》(Legacies of Paul de Man)①出版,涵盖了对德·曼感兴趣的学者、同事、学生等对其文本的研究,并且在序言中反思了其解构策略。由此可见,二十多年来,德·曼的解构批评思想仍在欧洲大陆和美国本土颇具影响和传承,其学生以及学生的学生在毕业后执教于各个大学,也已将其批评思想播撒到各地和人文学科研究者心中。与此同时,人们对这些思想的接受以及再生产也是多元化的,从而反映出德·曼解构批评思想的重要性,对其批评思想加以系统的整理和反思实际上也是十分必要的。遗憾的是,对德·曼的研究大多是以论文的形式或者章节的形式出现的,而且焦点、角度也各不相同,但是专门以德·曼为题的研究著述并不多,国外对德·曼的研究集中表现为以下五个方面:

第一,关于德·曼前期对浪漫主义以及象征主义的研究。这以奥特文·德·格里夫这位挖掘出德·曼为纳粹撰文事件的学者为代表。他先后出版了两部关于德·曼研究的专著:《危机中的平静》(Serenity in Crisis: A Preface to Paul de Man, 1939-1960, 1993)和《巨人之光》(Titanic Light: Paul de Man, 1995),前者细致深入地分析了德·曼1960年之前的文章,后者则探讨了德·曼从对象征主义到浪漫主义研究的转变,这一转变的直接结果就是德·曼《马拉美、叶芝以及后浪漫主义的困境》这一哈佛大学博士学位论文的诞生。

第二,关于德·曼作品中政治指涉性的研究。芭芭拉·约翰逊在《差异的世界》(A World of Difference, 1987)中从修辞角度展开了对政治不可确定性的剖析,即从对文本中解构寓言的差异性分析转换到对外部世界的差异性分析,论述了解构与性别、种族等具有争议的问题,认为德·曼解构批评所持的语言"不可确定性"本身就是一种政治立场。欧内斯托·拉克劳(Ernesto Laclau)的《修辞的政治》(Politics of Rhetoric, 2000)细致地探讨了德·曼的作品中所提到的隐喻与转喻之间的转换,继而深入到雅柯布逊以及索绪尔对于隐喻和转喻(横组合以及纵聚合)之间关系的研究,得出隐喻和转喻只是一个连续体的两端之结论,并以此结论探讨了索雷尔地区的罢工及列宁主义的政治策略。

---

① Redfield, Marc [ed.]. Legacies of Paul de Man [C]. New York: Fordham University Press, 2007.

第三,关于保罗·德·曼二战时为纳粹报纸撰稿等历史问题的研究。1987 年可以说是研究德·曼的分水岭,此后的研究大多集中于德·曼与这一历史问题的关系上面,很多人甚至指责德·曼的文本解构策略是对早期为纳粹撰稿之举的一种开脱。但是,德里达在其所著的《多义的记忆:为保罗·德·曼而作》(*Memoirs for Paul de Man*, 1989)中为德·曼进行了辩护。德里达、米勒以及哈特曼等人都对德·曼的过去采取了宽容的态度,认为人们更应该关注的是德·曼作为理论家的贡献。沃纳·哈马契尔(Werner Hamacher)等人主编的《回应:论德·曼的战时新闻》(*Responses: On de Man's Wartime Journalism*, 1988)集中了美国和欧洲的文学评论家及历史学家对德·曼从 1940 年到 1983 年间的文章,尤其是二战时文章的解读,涉及历史、政治、心理学到修辞学等各个层面,这些文章方法不同,风格迥异,观点相左,甚至针锋相对。

第四,关于保罗·德·曼对美学意识形态论述的研究。克里斯托弗·诺里斯(Christopher Norris)所著《保罗·德·曼:解构以及审美意识形态的批判》(*Paul de Man: Deconstruction and the Critique of Aesthetic Ideology*, 1988),从哲学的角度追溯德·曼 20 世纪 50 年代之后的政治和美学思想,全面阐述了德·曼关于审美意识形态的理论。作者在其中论述了德·曼与新批评的关系:虽然新批评文本研究的细读法以及修辞诠释的运用给德·曼带来了很大的影响,但是新批评以语言自身拥有真理、文本自成一体的本体论前提是不可靠的,因为修辞研究表明文本绝对不是一个封闭的整体,语言本质上的修辞性将文学与其他种类的文本化为一体,要严格地区分它们是不可能的。此外,作者还论述了美学意识形态是构建起来的,因而是可以被解构的。汤姆·科恩(Tom Cohen)、芭芭拉·科恩(Barbara Cohen)、希里斯·米勒以及安德泽·沃明斯基(Andrzej Warminski)等人选编的《物质的事件:保罗·德·曼与理论的后世》(*Material Events: Paul de Man and the Afterlife of Theory*, 2000)从不同的角度论述了德·曼审美意识形态论述中的一个关键词"物质性",涉及的领域有政治、法律、绘画、性别差异以及科技理论,将解构思想运用到意识形态的各个方面,具有创新性。

第五,关于保罗·德·曼后期作品中关于语言以及修辞解构问题的研究。卢克·赫曼(Luc Herman)等人编著的论文集《(非)连续性:论保罗·德·曼》(*(Dis)continuities: Essays on Paul de Man*,1989)论述了德·曼与海德格尔的异同以及德·曼的主要观点,指出文学文本与语言的指涉性之间的(非)延续性,《盲点与洞见》与《阅读的寓言》中批评方式的(非)延续性。林赛·沃特斯(Lindsay Waters)等人收集编撰的《解读德·曼的解读》(*Reading de Man Reading*, 1989)可以说是迄今为止论述德·曼的著作中最为全面深入且最具启示性的文献。它汇集了多位解构主义批评家评述德·曼的论文,旨在探讨德·曼的修辞学研究如何把阅读理解为一种理论问题,以及如何解读德·曼关于意义阐释的问题。鲁道夫·加谢(Rodolph Gasche)所著的《百搭牌式的解读:保罗·德·曼》(*The Wild Card of Reading: On Paul de Man*, 1998)则真正深入地研究了德·曼的修辞解构策略中有关言语行为理论、哲学、阅读等问题,认为德·曼写作的随意性、独创性以及过于简洁是他招致批评的一个主要原因。这本书由于其具有特定的指向性及其深度,对于理解德·曼的修辞解构策略意义重大。马丁·麦奎兰(Martin McQuillan)所著的《保罗·德·曼》(*Paul de Man*, 2001)简洁清晰地总结了德·曼六部主要著述的基本观点,如《盲点与洞见》中文学语言与误读的关系,《阅读的寓言》中修辞、阅读与解构的关系以及《审美意识形态》中政治、哲学以及修辞的关系等,并将这些观点与德·曼总体思路联系起来,从而为我们理解德·曼对文学研究、批评理论以及文化理论的重要性和影响打开了一扇大门。约瑟夫·希利斯·米勒(Joseph Hillis Miller)的文章《对〈阅读的寓言〉中一个段落的部分"阅读"》("Reading" part of a paragraph in *Allegories of Reading*)[1]指出了德里达与德·曼解构的不同之处,认为后者在更普遍性的层次上论述了所有文本都叙述阅读的不可能性。阿卡迪·普拉茨尼基(Arkady Plotnitsky)收录在《物质的事件:保罗·德·曼与理论的后世》中的文章《几何与寓言:非古典认识论、量子理论与保罗·德·曼的著作》,将德·曼的认识论划归为不同于古典认识论而更倾向于量子理论的认识论:量子物理场中,任何事情都是完全没有保证

---

[1] Waters, L. & Godzich, W. (ed). Reading de Man Reading [C]. Minneapolis: University of Minnesota Press, 1989: 155-170.

的,任何事情都有可能发生,这也是德·曼认识论的原理。①

此外,还有很多散见于解构思想研究中关于德·曼的文章,涉及其研究的方方面面,如历史性、内在化记忆,等等。2007年出版的文集《保罗·德·曼的遗产》,汇编了对德·曼关于阅读、历史、文学教育、理论和物质性以及审美研究的若干文章,重新挖掘和总结了德·曼对美国文学批评的贡献,说明了德·曼的解构思想已经成为美国学术生活的一部分。还有一些文章比较宏观,主要是对比耶鲁学派几位教授之间的批评实践,如乔纳森·卡勒(Jonathan Culler)在《论解构》(*On Deconstruction*,1982)中对解构思想进行的论述及对德·曼文本所进行的分析和点评。

国内学术界的解构批评研究始于20世纪80年代,国内学者也经历了一个从自发翻译国外作品到自觉理解并运用解构思维策略的过程。从80年代后期到90年代陆续出版了一系列关于解构的译著和文集,其中有李自修等译《解构之图》一书,收录翻译了保罗·德·曼部分关于解构批评的代表性文章;米勒的《重申解构主义》以及杰弗里·哈特曼(Geoffrey Hartman)的《荒野中的批评》等汇集了两人具有解构思想文章的著作。新世纪以来,朱立元主编了耶鲁学派解构主义批评译丛,其中有德·曼《阅读的寓言》等,为国内的德·曼研究奠定了很好的基础。近十几年来,对耶鲁学派的研究渐趋深入,学术论文的刊发已形成一定的规模。盛宁曾在《后结构主义批评:"文本"的解构》中概括总结了德·曼的地位、特点以及贡献。1992年,陆扬撰文《意义阐说的困顿》中,论述了德里达的思想方法或学术风格在耶鲁学派的思想家中得到体现,即哈特曼、布鲁姆、米勒代表了解构主义的自由风格,德·曼代表了一种缜密严谨的思维方式②。2000年,郑敏撰文将解构主义研究分为三部分:1968年,德里达首次在巴黎发表其解构思想演说所引起的影响;耶鲁大

---

① Cohen, Tom. et al. *Material Events: Paul de Man and the Afterlife of Theory* [C]. Minneapolis: University of Minnesota Press, 2000: 88.
② 布鲁姆一直强烈反对将自己划入解构主义旗下,认为自己的批评不是解构主义的批评,这也是《解构与批评》(*Deconstruction and Criticism*)这部收录耶鲁批评家作品的文集以"解构与批评"为题来表明布鲁姆的批评与解构相区别的原因。

学创立保罗·德·曼为首的耶鲁批评学派及其特点;1987年保罗·德·曼受到严厉批判及德里达研究呈现的新动向,解构主义反西方文化的中心主义对中国在21世纪与西方文化交流的意义。同年,徐珂在《系统思维与解构思维之比较》中探讨了系统思维以及解构思维方式的异同,并提出二者可以互补,以共同推进思维科学的发展。2001年,在金惠敏对米勒关于解构主义与文化研究的访谈中,米勒提及把解构论称之为"修辞性阅读",即一种探寻文学语言别异性或另类性的方法。米勒认为,在德·曼与布鲁姆或者哈特曼的著作之间,差别要远远多于相似,只是他们的工作都这样或那样地属于"文本方向"与"语境方向"。而文学研究的变化,实际上就是一个朝着某种"修辞性阅读"的转变:这一"修辞性阅读",最低限度地说就是关注语言的修辞性维度,关注修辞在文学作品中的功能。这不仅包含对象征、隐喻、转喻的关注,还包括对反讽、寓言等修辞的深度解读。这一番话提出了"修辞性阅读"的重要性以及德·曼在后期著作中对语言修辞维度的关注和深入思考,也表达了米勒对解构思想中"纯粹的认识性"以及"创作性责任的肯定"。①

2002年,萧莎在《德里达的文学论与耶鲁学派的解构批评》一文中对解构批评进行了剖析。她指出,解构主义语言论与解构主义批评并不是连贯、一致的整体;解构主义作为一种具有乌托邦色彩的反形而上学假说,注定要与实证习惯内的批评实践脱节。其中,耶鲁学派的解构批评虽以解构的术语装备自己,实则违背了解构哲学和解构逻辑。譬如,保罗·德·曼的"不可读"指的是文本中语法与修辞二元对抗给读者造成的无知、无解,其学说也是二元对抗思维的成果。同年,李红在《德里达与耶鲁学派差异初探》中提出,学术界常把德里达与耶鲁学派一起称为解构主义,忽视了二者的区别。耶鲁学派关注较多的是认识论问题,即语言究竟是指涉性的还是修辞性的。德·曼认为语言把认知与行为分开造成了直言义与比喻义之间的模糊不清,修辞是语言的真正本质,修辞性的存在破坏了语言的逻辑和语法。语言的修辞性导致了批评上的盲点与洞见。对德·曼而言,解构阅读就是要找出修辞张力怎样使逻

---

① 约瑟夫·希利斯·米勒、金惠敏. 永远的修辞性阅读——关于解构主义与文化研究的访谈——对话[J]. 外国文学评论,2001(1):137-140.

辑和语法被其暗含意义所破坏,从读者的有利地位发现批评家盲点之后的洞见。

近几年来,对保罗·德·曼修辞解构较为系统深入的研究逐渐展开。2006年,王广州发表了对德·曼研究述评的论文,集中概括了国外对德·曼进行的研究,并对这些研究进行了分类。周颖曾就《盲点与洞见》里面的修辞进行了分析,还对德·曼从主体性到修辞性的转变做了研究,并且从索绪尔符号学的概念出发辨析了解构的关键词"异延"与"寓言"。另一位较为深入地研究德·曼修辞批评的是罗良清,其研究重点集中在寓言理论上,认为寓言理论从狭义上说反映了语言的隐喻特征,从广义上讲也以其否定特性瓦解了意识形态。2009年昂智慧出版了关于德·曼文学批评理论研究的著作《文本与世界》,书中阐述了德·曼以语言哲学为基础的文学批评理论,论述了德·曼的否定性语言哲学,其中一章涉及对整体性进行瓦解的寓言理论,这是国内少有的专门论述德·曼解构思想的书籍。2012年罗杰鹦出版专著《本土化视野下的耶鲁学派研究》,以中国学者的研究视角对耶鲁学派的阅读理论做了总结,并将四人的阅读法进行了比较,其中的阅读实践分析涉及布鲁姆与米勒颇多,没有重点强调德·曼的解构实践。

综上所述,国外对解构思想的研究已经不再像20世纪一样集中,对于耶鲁批评家德·曼的研究更多涉及政治、历史、审美意识形态,而对修辞解构策略的研究重点则落在了以文章的方式对其进行阅读和解构,尤其是代表修辞解构的关键词寓言上面。国内的研究从德·曼与德里达的对照,到对其语言哲学的梳理以及寓言的阐释,已从全面的书评开始走向专题的研究,而且也步入了对其理论进行符号学和语言学的研究阶段,研究对象开始深入解构策略的内核。尽管关于德·曼的研究很多,但是很多研究者忽略了德·曼前期对浪漫主义修辞进行的质疑是转向后期从修辞着手进行解构的直接契机,也忽视了对德·曼一再强调的包括转义修辞以及劝说修辞的解构策略进行系统的梳理。因此,本书拟对德·曼的解构策略从修辞学的维度进行梳理、整合、阐释和评价,期望通过研究能够对德·曼的修辞解构策略有一个整体的了解,认识它究竟在何种意义上突破了传统的思维定势,从而拓宽了批评的视野。本书将聚焦于德·曼对转义修辞和劝说修辞的认识(这其中包含了对象征、隐喻、寓言、反讽等转义修辞的认识以及劝说修辞中言语行为所导致效果的认识),修辞对文本进行解构的方式,以及德·曼解构策略的洞见和盲点。

第三节　研究内容和方法

　　尽管对保罗·德·曼这位美国最重要的批评家的研究已有很多,其文本解构策略却依然像谜一样萦绕在力图挖掘解构奥秘的读者心中。其文本中所牵涉的种种跨学科的术语,其所阅读的哲学以及文学文本,所涉猎的作家之多以及批评家之多,都不禁让人望而却步。尤其是德·曼的解构策略是从修辞的角度进行的,这就使我们不禁要问:其解构思想为什么与修辞相联系？修辞是怎样成为解构策略的？他是怎样阐释并运用修辞学术语的？修辞与批评是如何发生关系的？虽然其作品中对意识形态、历史等问题都有着独特的见解,但是这些解构策略的基本点仍然在修辞本身,因此,本书的出发点就是回归德·曼解构批评的基本点,从修辞的角度进入德·曼的研究,以此为中心线来贯穿其整个解构策略。

　　本书将对德·曼从修辞意义上进行的解构做较为全面系统的阐释,即将主要从其对批评、修辞、解构、认识、文学、语言等问题的理解着手,追溯其理论来源,从修辞的维度来呈现其解构脉络和策略意义;再现其解构批评与修辞认识的接合方式,正确认识在哲学、语言学以及符号学发展的当前语境下,德·曼对转义修辞和劝说修辞的再认识,以及这种再认识的合理和不合理因素;对德·曼解构策略的洞见和盲点予以总结,认识其对哲学、语言学、修辞学以及文学阐释的独特贡献和价值。如此,一方面,可以展现德·曼解构思想的连贯性,对其修辞解构策略有较为全面的把握;另一方面,可以还原修辞在文学文本研究中的价值和意义。

　　本书将视角定位于德·曼解构策略的关键词——修辞。首先,从文学批评的角度将新批评以及结构主义与其解构批评策略的关系进行了考察和清理,认为他从新批评那里继承了细读的方法以及对修辞的关注,但质疑并颠覆了新批评的有机整体论;他从结构主义那里获取了符号学的理论基础,并将符号学中语言符号能指与所指的任意性以及系统内部的差异性两个特征用于解构结构主义的系统稳定性以及系统中的二元对立。其次,对其论述修辞与文学的关系、修辞与认识的关系、修辞与语法的关系加以整理以及阐释,为理解文学解构策略打下基础。再次,从转义修辞和劝说修辞两个方面重点阐释德·曼修辞解构策略的全貌:象征作为浪漫主义的代表性修辞格,反映了将主观与客观同一化的符号过程;隐喻则是伴随语言而生,语言符号对客观现实的指涉性是隐喻性质的,因此通过语言对现实的认识也是隐喻性的;寓言由于它的时间性和差异性特征代表了与象征截然相反的辞格,文本首先体现了指称的失败,由于修辞无法受到语法和逻辑的控制,因此文本意义是不稳定的;文本也是不可解读的,它述说的只是阅读失败的故事,是阅读的寓言;反讽是经验式自我和反讽式自我的共时性存在,反讽的结构呈现出分裂性、非自我认同性以及无限的反省性,反讽中的辩证正是其最重要的特点,这种辩证是一个无终止的过程,不会导致最后的综合和统一;言语行为理论由于言内行为向意图性言外行为和效果性言后行为的延展而被德·曼用作解构劝说修辞以及哲学文本的策略。德·曼的洞见在于通过对辞格结构的分析和言语行为理论对劝说修辞的理解提出了修辞解构的策略:通过挖掘转义修辞的特质,再现其背后的思维方式从而得到了修辞认识论的主张;传统修辞与现代语言学理论的结合拓展了修辞研究和文学研究的空间。但德·曼在获取洞见的同时也昭示了自己的盲点:无限缩小了语言的指涉意义,扩大了语言的修辞意义,否定了语言的相对稳定性。

  本书运用符号学、语言学、语用学中关于符号、修辞以及言语行为的理论,还原保罗·德·曼对修辞学中的转义修辞以及劝说修辞的分析和阐释;运用文献法追踪德·曼视野中哲学家、文学家对修辞的阐释;运用文本细读法阅读德·曼修辞解构策略的文本;运用解构的方法解构德·曼的文本;运用辩证法评价德·曼的盲点与洞见。

  本书旨在通过整合、阐释、应用以及评价保罗·德·曼的修辞解构策略,达到对其修辞解构思想的整体把握,这对于全面理解德·曼的解构批评思想具有重要的意义,也对更加深入地把握美国的解构思想和解构之后的理论思潮及文学理论具有一定的借鉴价值;其次,通过详尽的分析和阐释,加强对德·曼式解构的理解以避免对解构断章取义式的理解和误用;通过对修辞解构策略的认识拓展文学研究的空间,推动文学批评者在文学阐释中充分意识到修辞的维度并在文本分析中充分尊重修辞的维度,从而促进文学批评的跨学科研究。

第四节 本书的结构

本书由七章组成。绪论部分对德·曼本人加以介绍,并对德·曼的国内外研究现状加以综述,提出论文的中心议题和研究方法以及本书结构。第二章追溯德·曼解构思想产生的渊源,其中包括解构思想产生的历史背景,解构策略与现代认知方式的联系以及德·曼与新批评、结构主义的关系。第三章追溯了西方修辞学发展的历史与现状,并从修辞与语法、符号、文学以及认知之间的关系来剖析德·曼修辞解构策略的出发点。第四章主要论述德·曼解构策略所涉及的转义修辞中涉及符号与认知的象征、隐喻两个重要的辞格。第五章以寓言和反讽这两个辞格以及作为劝说修辞的言语行为来阐释德·曼解构策略的主要内容,将德·曼修辞置于当代新修辞视野下进行观照。第六章主要论述德·曼解构策略的洞见和盲点,旨在说明德·曼的洞见在于通过挖掘转义修辞的特质,再现其背后的思维方式从而得到了修辞认识论的主张;通过对辞格结构的分析提出了修辞解构的策略。最后一章是对德·曼解构策略的总结和评价。本书旨在通过整合、阐释、应用以及评价德·曼从修辞维度所阐发的解构策略,达到对其修辞解构思想的整体把握,继而能够更加深入地把握解构以及解构之后的理论思潮和文学理论;此外,通过对修辞学解构策略的认识拓展文学研究的空间,推动文学批评者对语言学和修辞学的再认识以及跨学科的研究;最后,希望通过该研究避免对解构的断章取义的理解和误用。

第二章

保罗·德·曼解构批评思想的渊源

保罗·德·曼对于文学批评最有特色和代表性的贡献就是其修辞解构策略。但是对这一策略的内涵以及复杂性的把握,尤其对其进行运用是比较困难的,因为这里面既包含着德·曼的解构思想,也包含着他对修辞的认识和理解。在德·曼的笔下修辞已经不是传统意义上使文学作品具有美学意义的实践手法,而是本身就具有了认识功能,这也是德·曼认为的文学之文学性所在。这一认识来自他对文学、对修辞、对语言、对符号、对批评以及对认知的理解。本章将简要勾画德·曼解构的历史背景、认知背景和批评理论背景,从而为理解德·曼的解构策略打下坚实的基础。

第一节 20世纪60年代与解构思想

人文学科的发展,无不与时代发展以及社会机制的变化息息相关,作为后结构主义一部分的解构批评思想,本身就带有后工业化时代历史发展的必然性。英国左派思想家、文学理论家特里·伊格尔顿(Terry Eagleton)认为:"后结构主义就是1968年那种兴奋和幻灭、斗争和平息、狂欢和遭难的大起大落的产物。由于无法砸碎国家机器的结构,后结构主义倒发现可以将语言结构颠覆。至少说,谁也不会因为你这样做而给以当头棒喝。这场学生运动虽然在大街上被冲垮,却又转入了地下,进入语言的领域。"①

20世纪60年代在西方历史上是一个至关重要的转折点。二战后恢复起来的西方各国已经进入发达的工业化时代,即"晚期资本主义"时代,形成了一种真正意义上的消费社会。这种以科技、信息、知识为依托的社会取代了传统的社会结构和生产方式,深刻地影响着甚至在很大程度上规范着人类的心理倾向和行为模式。后工业化时代的到来既造成了资本主义社会的表面繁荣,也使资本主义内部固有的问题和矛盾越来越凸显。人们一方面享受着经济发展带来的巨大成果,一方面又感受到科技、理性乃至旧有的观念、规范以及价值体系对人性的压抑和束缚所带来的精神空虚,从而激发起人们对资本主义社会的重新认识和激烈的思想批判。

最先对现代资本主义进行批判的就是敏感而激进的年轻人,他们将法兰克福学派的社会批判思想家赫伯特·马尔库塞(Herbert Marcuse)、存在主义哲学大师让-保罗·萨特(Jean-Paul Satre)等奉为精神领袖,奉行理想主义和真正的个人主义,对理性社会、科技社会和工业社会发起批判和挑战,掀起了一场以精神为目的的轰轰烈烈的学生运动。这场运动从1964年美国伯克利大学的"言论自由运动"开始,一直持续到1970年反对美国入侵柬埔寨,席卷了法国、英国、西德、意大利、北爱尔兰等很多国家。学生运动带动了社会各阶层对现代资本主义的批判,各种运动风起云涌,世界史进入了一个由社会政治、经济、种族矛盾所引发的剧烈动荡的大变革时期:新左派运动、民族解放运动、妇女解放运动、黑人民权运动、反战运动、环境保护等运动此起彼伏,对处于发达的、消费的工

---

① 特里·伊格尔顿.文学原理引论[M].刘峰等译.北京:文化艺术出版社,1987:169.

业化时代的种种问题和弊端进行了前所未有的全方位的讨伐。社会的变化与思想文化领域的变革总是相辅相成的:性观念的革命、价值观的转型、家庭结构和社会关系的变化,以及全面的后现代思潮的崛起都显现出深刻的历史和文化意义。它使处于晚期资本主义时代的西方社会挣脱了之前思想观念和文化观念的束缚,催生了与时代同步的后现代思潮,形成了对旧有的思维方式和价值观的颠覆和反叛。特定时期的运动虽然结束了,但不是一切都随着运动的消逝而消失,某些东西已经沉淀为精神遗产,让我们在回顾时得以把握这一精神脉络。如果说在20世纪60年代保罗·德·曼的批评还受到马丁·海德格尔(Martin Heidegger)、埃德蒙德·古斯塔夫·阿尔布雷希特·胡塞尔(Edmund Gustav Albrecht Husserl)的影响而倾向于存在主义以及现象学的批评方式,那么在新的时代和背景之下,尤其是批评领域范式的变换之下,即在结构主义对存在主义的颠覆之后,德·曼就完全找到了通向文本解读的新途径,这就是发生在德·曼个体身上的语言学转向,更具体地说,就是在语言学基础上的修辞学转向。当然,这与德·曼在前期的文本细读中对修辞的关注密不可分。

伊格尔顿在《二十世纪西方文学理论》的后记中说:"宏大性质的理论往往爆发于种种日常实践与思想实践开始四分五裂、陷入麻烦并因此而迫切需要重新思考自身之时。"① 60年代社会运动的爆发说明这一结果已经在思想领域酝酿多时了,这种重新的思考反映在各个领域,并且催生了破坏既有观念的思想主张。这一时期发生在人文思想史上的一件大事,就是于1966年10月在美国约翰·霍普金斯大学人文科学研究中心召开的主题为"批评的语言和人的科学"的学术研讨会,会议议题主要围绕结构主义的理论和方法展开,参会的学者中有罗兰·巴尔特(Roland Barthes)、雅克·拉康(Jaques Lacan)和德里达等知名人物。然而让人始料不及的是,德里达发表了一篇向结构主义发难的檄文,这就是著名的《人文科学话语的结构、符号和嬉戏》(Structure, Sign and Play in the Discourse of the Human Sciences),从而正式拉开了结构主义时代

---

① 特里·伊格尔顿. 文学原理引论[M]. 刘峰等译. 北京:文化艺术出版社,1987:191.

向解构主义时代的转变的序幕,霍普金斯会议也成了20世纪美国文学理论发展的一个转折点。美国本土此时不得不面对这一突如其来的变化,不得不招架来自欧洲的结构主义和解构主义在美国同时出场。于是一种特殊的现象出现了:结构主义虽然在美国登陆,但是从事于文学批评的学者们在短暂的时间内就开始了对它的质疑。美国本土的解构批评思想就在这种情形下诞生了,他们用从结构主义那里借来的概念和术语从内部推翻了后者的理论基础。在哲学上,解构思想主张消解几千年来西方传统的观念,否定一切被称作"逻各斯"的终极永恒的观念;在文学上,他们否定文本可以建立起自己的逻各斯,即文本有一个确定的中心意义,这正是时代精神在思想文化上的具体体现。其时,德·曼从哈佛大学毕业不久,正辗转于康奈尔大学(1960-1967)、约翰·霍普金斯大学(1967-1970)以及耶鲁大学(1970-1983)之间,他不仅一边阅读、研习欧洲诸多思想家的著作,还施教于学生中的文化精英,因此他对于60年代文学理论脉络的把握以及对激进思想的吸收应该是较早的。这也解释了为什么保罗·德·曼50年代的早期作品虽然已有对于修辞问题的理解,但称不上是解构性质的,而到70年代则已经开始渐趋成熟并上升到认识论的层面,更不要说进入耶鲁之后与耶鲁学派各位批评家的批评交相辉映,成为美国最著名的批评派系之中最引人注目的人物了,尽管德·曼自己并不愿意被贴上"派别"或"主义"之类标签。

第二节 认知方式与解构策略

文学批评的研究,正如哲学研究一样,从本质上讲仍是对认知思维方式的研究,而其本身也必然呈现为一种思维方式,一种"认知"方式,一种对于思想的思考。因此,一种文学理论的诞生一定会是在思维上有所转变。这种思维的转变、范式的转变不可能脱离其时代背景,而是从在时代背景之下对前人研究成果从思考、验证到接受、调整、补充以及质疑和反驳中得来的。从另一方面讲,也可能是在思维方面找到了新的维度继而形成了突破性的认识。西方哲学经历了早期希腊萌发对世界的认识,古典时期希腊哲学对物质、意识和辩证法的认识,中世纪信仰哲学与神学的结合,17世纪理性时代以及18世纪启蒙时代对于自然科学的思考,19世纪黑格尔、马克思、尼采等的思想体系以及20世纪认识论、逻辑学和分析哲学的兴盛,其思潮之多,更迭之快,著述之丰,使哲学经历了前所未有的繁荣昌盛。哲学的发展史给我们呈现了人类精神发展的轨迹,人们运用思维破解宇宙、世界、个人奥秘的历程。与此相应的则是在自然科学研究以及人文学科研究方面的学者,在各自领域做出的研究中都发现了与哲学和认知研究相关的问题,这从西方文学史的发展中可以清晰地看出,而在文学方面最能体现这一规律的无疑除了文本就是文学理论了。

　　文学作为对世界和生活的再现,其意义产生方式一直在批评家的关注之下,这种对意义的研究从某种角度说也是一种认知研究。至少,从哪一个角度进入作品或对作品的相关研究,在很大程度上反映了批评者的思维方式,及其所代表的同时代众多思想者对世界的认识,无论它是人本主义的、科学主义的、历史主义的、结构主义的,还是其他主义的,甚或还没有归纳出什么主义的。

　　文学研究开始涌现大量理论的时间其实并不是很长。20世纪以前的批评方法历史悠久,但是缺少与时代同步的现代性。在古老的亚里士多德时代,诗学是以揭开艺术创作背后的密码而独步艺术创作领域的;而19世纪之后,美学进入哲学领域,它将对艺术的理解和认识作为自己的对象,认为艺术表现的是真理。浪漫主义更是将美学提高到了一个相当的高度。浪漫主义和美学所尊崇的都是整体论的思想,即认为艺术是主体对客体的真理性反映,然而这种整体性思想所体现的一厢情愿的方式在20世纪被无情地打破了。此时,更多的人开始关注艺术批评方式本身,对于批评方式的研究带来了思维方式的多元化以及一系列理论的创新。沃尔夫冈·伊瑟尔(Wolfgang Iser)认为推动20世纪理论发展的力量有三个:一是人们对艺术本体这一信念越来越怀疑;二是印象式批评造成的混乱越来越大;三是对意义的追寻和由此产生的阐释冲突。[①]

---

① 沃尔夫冈·伊瑟尔. 怎样做理论[M]. 朱刚等译. 南京:南京大学出版社,2008:5.

现代西方哲学与传统哲学一个大的不同就在于传统哲学把世界化为主体和客体,客体就是客观存在的,而主体与客体的关系是认识,即客体是一个系统,主体起到了解、把握、认知的作用。可以说,现代西方哲学的认知方式已经具有"解构"意识,也就是说,这种认知方式从来都是把事物,包括人,甚至语言都当作动态的、关系上的作用,因此要确定地说出"什么'是'什么"是很难的,因为一切都处于变化和关系中。譬如海德格尔关于人的定义就与传统意义上不同,传统对人的定义是从事实出发,而海德格尔则从可能性出发,认为人的本质就在于"它所包含的存在向来就是它有待去是的那个存在。"① 这种反对确定意义的"是"的思想对德里达和德·曼为主要代表人物的解构思想影响颇深。德里达就是由于针对传统的认知方式展开批判而形成了自己独特的哲学立场,即西方传统的形而上学。西方传统形而上学自柏拉图以降就是一种"逻各斯中心主义",它代表着客观规律、绝对真理,或者是上帝的意志,也可以代表某种不变的当下存在,例如:终极目的、本体、先验性等等,是存在于思想之外的永远不变的"在场"。在德里达和其他解构实践者那里,解构作为一种思维方式或者说是一种政治策略而存在。德里达在《论文字学》里面曾经将语言的问题与形而上学联系起来:"语言问题也许从来就不是一个普普通通的问题……'语言'这一符号的膨胀乃是符号本身的膨胀,是绝对的膨胀,是膨胀本身。然而,它通过它的外观或影子仍然充当着符号:这场危机也是一种征候。它似乎不由自主地表明,一个历史—形而上学时代必须最终将整个尚不确定的领域确定为语言。"② 语言在德里达之处代表着"不确定",因此以语言表达才能得以理解的历史—形而上学也必将是不确定的。这就是解构的政治策略。

德里达通过解构二元对立和语音中心主义对传统形而上学做哲学式的拆解,而德·曼最擅长的则是以解构的思维,从语言的修辞维度入手,对文学文本内部的结构和差异进行解构,从而形成独特的德·曼式修辞解构模式。德里达与德·曼惺惺相惜,因为他们的思想不谋而合。因此,解构虽然作为一个用来概括一系列有相似思想的名词,却只有基

---

① 海德格尔. 存在与时间[M]. 陈嘉映等译. 上海:三联书店,1999:15页.
② 雅克·德里达. 论文字学[M]. 汪堂家译. 上海:上海译文出版社,1999:7.

本的共识,从来没有一个统一的规定。解构只是表明文本中所发生一切自己拆解自己的行为,只是"发生"在阅读过程中,文本解构自身。所以,德里达和德·曼从来不会系统地阐述他们的解构概念和操作方式,而是让这些概念和方式出现在对文本的细读中。德里达和耶鲁学派的研究都颠覆了结构主义所构建的稳定秩序的神话,但是着手的方式各有不同。当前者从哲学入手颠覆传统形而上逻各斯的各种术语之时,后者已经通过细细地穿行于文学文本间的修辞方式,以形而下的方式达到了同样的目的,这样的情形不能不使人惊讶于它的效果,因为它至少证明了这种思维方式是成立的,虽然与之相伴的肯定也会有其不合理因素,但是它也必然有着自身的合理性。按照德·曼的说法,在批评获得洞见之际,必定也是盲点出现之时。在耶鲁学派对文学文本的解构行为中,德·曼、米勒以及哈特曼都对修辞情有独钟,其中德·曼的着重点是由阅读过程中所产生的不确定意义来重新发现其中的修辞张力。德·曼认为修辞是对语法模式中符号和意义达成一致性关系的某种辩证的破坏,文学批评的合法性应当建立在对文本的修辞性阅读上,这种阅读方式实质上是对目的论批评的抵制和解构。

王岳川在《二十世纪西方哲性诗学》中曾如此总结结构主义:"结构主义作为对存在主义的反拨,既非一个学派,也非一种运动,而是一种结构性思维或话语方式。"① 这是因为它把研究对象作为共时性整体来研究,因此使结构相对呈静止和封闭状态。虽然结构主义在极大的程度上挖掘了文本本身的结构和层次,但是显然这种研究方法既牺牲了"历时性"因素,更忽略了文学与外部现实的联系。作为现代主义文学运动催生的、主要针对结构主义的反驳而出现的解构主义,仍旧承袭了这种共时性的文本研究,但却打开了封闭的结构和层次,用相同的符号学原理做基础重新阐释了文本,从而呈现出一种相对意义上新的思考问题的方式。这种解构策略与当时的语言学转向相适应,是德·曼从前期的主体性研究转向后期修辞性研究的成果。由于修辞、语言学与新批评、结构主义,以及解构思想有着不可分割的关系,于是作为文学批评理论的新

---

① 王岳川. 二十世纪西方哲性诗学[M]. 北京:北京大学出版社,1999:361.

批评和结构主义就进入我们视野中来。

第三节　保罗·德·曼与新批评

保罗·德·曼于20世纪40年代末到达美国,而美国在此时及之后将近20年都处在新批评和结构主义的包围中,处于求学以及之后教学阶段的德·曼深受这两种理论的影响,并且使其成为他解构批评的理论前提。当然,在这里,我们也看到解构与结构主义以及新批评之间错综复杂的谱系关系——既继承又颠覆的关系。

英美新批评派是一种文学文本的形式主义研究方法,于20世纪20年代在英国诞生。新批评可以说是从托马斯·斯特恩斯·艾略特(Thomas Stearns Eliot)在《传统与个人才能》(Tradition and the Individual Talent)①中对浪漫主义进行批判的文章中开始的。艾略特认为应该将批评的焦点从诗人本身的个人才能转向作品本身,尤其是诗歌本身。英国新批评大师艾弗·阿姆斯特朗·理查兹(Ivor Armstrong Richards)在其1925年出版的著述《文学批评原理》(*Principles of Literary Criticism*)②中强调了文学语言的本质特征,即文学语言具有暗示、联想、想象等意义和丰富的内涵,文学语言的种种特质使文本成为一个自足的有机整体。40年代,约翰·克柔·兰瑟姆(John Crowe Ransom)所著的《新批评》(*The New Criticism*, 1941)③、克林斯·布鲁克斯(Cleanth Brooks)所著《精制的瓮:诗歌结构研究》(*The Well Wrought Urn: Studies in the structure of poetry*, 1949)④、勒内·韦勒克(René

---

① Richter, David H. *The Critical Tradition: Classical Texts and Contemporary Trends* [C]. Boston & New York: Bedford/St. Martin's, 2007: 537-542.
② Richards, I. A. *Principles of Literary Criticism* [M]. New York: Harcourt, Brace, 1925.
③ 兰瑟姆. 新批评[M]. 王腊宝等译. 南京:江苏教育出版社, 2006.
④ Brooks, Cleanth. *The Well Wrought Urn. Studies in the Structures of Poetry* [M]. New York: Harcourt, Brace & World, 1970.

Wellek)与奥斯汀·沃伦(Austin Warren)合著《文学理论》(*Theory of Literature*)①中,都视作品为一个认识客体,批评家的任务就是通过细读法将诗歌中的意识、情感、语气、意向、语词的内涵和外延以及两者之间的张力、意象、反讽性、含混、悖论等做整体上的把握,通过对诗歌内部诸要素的分析达到对诗歌作为有机整体的理解。这样,新批评就将对作品的诠释由外部引向了内部,不再关注外部现实、历史、心理、作者等。在此之后的结构主义和解构主义也聚焦于内部研究,但是重点转移到将诗歌或者小说当作文本来研究,强调语言符号的作用。新批评更注重对于细致入微的敏感性的培养,结构主义更重视宏观的具有结构意义的层面,而解构则通过封闭式的研究得到一个开放式的结论。盛宁曾评价新批评说:"名曰'新批评',其实也无'新'可言。作为一种具有唯心、唯美主义倾向的形式主义批评,其思想渊源至少可以追溯到康德、柯勒律治。"②的确,虽然新批评将对文本的解读将外部引向了内部,但仍然涉及了"有机整体性"。虽然此"有机整体性"与浪漫主义强调的主体与客体的统一性和整体性不同,但是所谓的"有机"以及"整体"正是之后出现的解构批评的标靶,解构行为将这些概念和术语一一进行了颠覆。

阅读德·曼的文本会有一种强烈的感觉,就是德·曼深受新批评的影响——如果新批评的方法特征是细读的话,那么德·曼展现出来的就是一种对文本超级细读的能力。这说明了德·曼的方法论特征。此外,新批评对文本中各种语词、修辞的密切关注也使他深受影响,不过两者对语言和修辞功能的认识是决然不同的。德·曼对新批评的批评主要体现在两篇文章中:一篇是《形式主义文学批评的终结》(The Dead End of Formalist Criticism)③,另一篇就是《美国新批评的形式和意图》(Form and Intent in the American New Criticism)④。前者是将新批评看作形式

---

① 勒内·韦勒克,奥斯汀·沃伦.文学理论[M].刘象愚等译[M].南京:江苏教育出版社,2005。
② 盛宁,二十世纪美国文论[M],北京:北京大学出版社,1994:72。
③ De Man, Paul. "The Dead End of Formalist Criticism". *Blindness and Insight* [M]. London: Routledge, 1989: 229-246.
④ De Man, Paul. "Form and Intent in the American New Criticism". *Blindness and Insight* [M]. London: Routledge, 1989: 22-36.

主义的一种,对以理查兹为代表的新批评语言观进行了解构。德·曼是从语言学转向的语境下认识理查兹的语言观的。理查兹对语言的理解还停留在索绪尔语言学之前,因为他仍然强调语言的指涉意义,认为文学批评的任务还在于正确理解作品的指称含义。理查兹认为作者在作品中建构了一种语言结构,而批评家就是通过细致地研读作品来还原作者创作这种含义时的原初体验,只有通过追溯这些体验才能确保避免理解的错误。所谓正确的理解就是说与作者理解相一致,这正是德·曼所要批判的本体论假设。理查兹假设诗歌语言可以言说任何体验,而德·曼认为这种言说是不可能的,因为体验的过程通过语言进行了构建,而语言无法像镜子一样反映全部的体验。在《形式主义文学批评的终结》一文中,德·曼写道:"理查兹假定了符号和其所指物体之间的一种完美的连续性,通过一种重复性的联结关系,符号替代了其所指物体。"[1] 且不说德·曼从索绪尔符号学的角度讲就会坚决反对这种认为符号和所指之间有着完美连续性的观念,就还原体验这点来讲,这个假定就反映了理查兹的理想化倾向。体验和感觉是存在的,就像"我看到了一只猫"或者是阅读波德莱尔的《猫》时所必然产生的体验,但是还原这一行为所包含的全部的体验是不可能的,语言所能做的只是重构这种体验,这种重构的体验已经无法触及体验当时的时间、空间,因此根本无法重新建立原初体验,语言能够建立的只是这种体验的逻各斯。对理查兹学生燕卜荪(威廉·恩普逊,William Empson)《朦胧的七种类型》(Seven Types of Ambiguities)的阅读中,德·曼发现燕卜荪使用理查兹的方式得出了结论:"不但没有回到作为其原因的事物,反而使诗歌符号引发了不指向任何事物的想象行为。"[2] 这更是背离了对作者原初体验追溯的可能。想象行为所造就的体验与原初体验之间对于德·曼来说成为了一种替代性的关系,替代性行为体现的是一种隐喻的思维,所谓还原只能是一种主观的幻想和努力罢了。

---

[1] De Man, Paul. *Blindness and Insight* [M]. London: Routledge, 1989: 232.
[2] Empson, William. *Seven Types of Ambiguities*. London: Chatto and Windus, 1947. From De Man, Paul. *Blindness and Insight* [M]. London: Routledge, 1989: 235.

德·曼认为燕卜荪对含混的解读揭示了存在本身的深层分裂,并通过诗歌陈述重复了这一分裂:"诗歌所言说的这种含混存在于精神世界和感觉实体的世界之间:精神为了证明自身,必须将自己转化为感觉实体,而后者却只有在分解成非存在物之后才能为人们所认识。精神无法与它的客体相一致,这种分裂是永远的悲伤。"[1] 这句话强调了精神与客体的分裂性,是德·曼解构策略中的一个重要的论题,这个论题在他分析浪漫主义和象征主义诗歌的时候更加细致,主体与客体的统一,精神与自然的统一只是一种主观的愿望而已:作者在诗歌(作品)中所达成的统一是作者的主观愿望,而批评者想要还原作者的原初体验和感受就是批评者的主观愿望,两者皆不可行。

由此,德·曼认为当代的主要批评方法都建立在将文学当作心智的自治行为,而没有按照其自身的目的和意图加以理解。德·曼认为:"……美国(新)批评并没有找到唯一的意义,而是找到了众多相互可能激烈冲突的意义。它并没有揭示出与自然世界相统一的连续性,而是把我们带到了一个断裂的世界,这里充满了反射性的反讽和含混。"[2] 德·曼在此质疑新批评对文本的分析与其理论意图相断裂的事实,认为新批评家在形式与意图之间关系的本质上认识错误,对于文本形式的阐释反映了阐释者意图上的选择。新批评的阐释者将文本视为物体,具有物体的完整性,物体的各部分都是在为整体服务。这种僵化的比喻赋予文本以统一性,似乎文本的各个部分都必须与主题相关。然而文本绝非自然客体,而是意向客体,两者的不同点在于意向客体指向构成其存在的具体行为,换言之,文本中客体的意义不是自然客体展现出来的作为客体的自身,不是其感官显现的总体性,而是包含了一种意向性,就如同椅子包含着坐的行为意向一样。意向性在这里起的作用至关重要。因此,新批评将文本视作和谐、连贯的有机整体,能够将矛盾对立的概念统一在一起的假设是不成立的,它一定会被新批评理论家所重视的含混和张力所消解。

作者的意图无法替代文本本身,文本中的种种含混也暴露了文本有

---

[1] De Man, Paul. *Blindness and Insight* [M]. London: Routledge, 1989: 237.
[2] Ibid., p. 28.

机整体性观念的缺欠,因此,新批评无法对其理论自圆其说,而其中对含混性的探讨反倒使德·曼对这些新批评所遗留的问题进行了认真的思考,继而催生了德·曼修辞解构的策略。可以说,解构继承的是新批评文本的细读方法,两者的批评方法都是将作者排除在文本之外,注重的是对文本内部的研究,从这两点上来看,解构与新批评是有继承关系的。但是,两者之间的最大分歧,也是原则性的差异来自新批评假设文本具有存在于整体性中的确定意义,而解构则是完全否定这种逻各斯中心主义的确定意义。解构以对文本中修辞的认识拆解了确定意义的逻各斯,从而达到了解构批评的目的。

第四节 保罗·德·曼与结构主义

应该说,解构与结构的关系是最为紧密的,因为解构需要解开的是"结构"。事实上,解构的理论基础之一就来自结构主义的源头——斐迪南·德·索绪尔(Ferdinand de Saussure)的结构主义语言学原理。作为现代语言学的奠基人,索绪尔的语言学理论对20世纪的语言学研究产生了极为深刻的影响,继而也广泛地影响了人文社会科学研究,文学理论自然更是包含在其中。《普通语言学教程》于1916年出版,经历了几次再版之后,于20世纪60年代被奉为结构主义的经典教程。这本语言学教程与先前其他语言学理论的不同之处就在于:首先,索绪尔将先前对语言历时性分析与研究的关注转移到对语言的共时性分析上面,这就意味着抛却了19世纪对语言研究的历时性对比方法,将语言视为共时基础上的一个自足的功能系统来进行如同科学一般的研究。其次,他还将对语言的研究划分为对语言和言语的研究。他的另一个开创性成果就是论述了语言的符号性质,其中重要的一点就是语言符号的任意性问题。索绪尔将语言符号单位分为两个部分:能指(signifier)和所指(signified)。能指指的是符号的音响意象,所指指的是概念或者意义,索绪尔认为这两者之间的关系是任意的。此外,索绪尔还提出:"语义是由系统的差异决定的。"①

构成索绪尔语言学中这些与前人不同的思想影响了20世纪后半叶欧美的思想界,并带来了思想界的语言学转向,而对文学理论最直接的影响就是结构主义文论的诞生,以及之后解构主义的诞生,只是两者在其中找寻的支点不同。结构主义看到的是语言作为一个自足的功能系统,因而要对文本进行自足意义上的科学探究,找寻出其内在的结构,这一点反映在加拿大学者诺斯罗普·弗莱(Northrop Frye)的《批评的解剖》(Anatomy of Criticism)② 中将文学作品按照四种叙事范畴加以结构化的努力,也反映在克洛德·列维-施特劳斯(Claude Lévi-Strauss)的《结构人类学》(Structural Anthropology)③ 以及《野性的思维》(La Pensée Sauvage)④ 等著作中。其中,尤其是后者通过聚焦于符号的任意性以及差异性特征将前者的理论假设推翻,成为将文本所谓的稳定结构和确定意义悬置起来的手段。文本可以看作是自足的单位,但是符号的任意性和差异性却将意义放逐在文本之外,对这一理论的进一步探寻构成了德·曼解构的语言学基础。符号学和语言学的观点是如此重要,德·曼毫不讳言自己的解构策略是"批评语言学分析"⑤,或者说是"文学性语言学"⑥。

索绪尔的符号学观点阐释了差异决定语言意义的问题,这个问题始于一个符号是怎样从区别中规约自己的意义,即能指与所指之间并不是对应和谐的统一体。比如"cat"的意义来自它与"cap"或"bat"相区别,或者是

---

① Saussure, F. de. *Course in General Linguistics* [M]. Beijing: Foreign Language Teaching and Research Press, 2001: 65-106.
② 诺斯罗普·弗莱. 批评的解剖[M]. 陈慧、袁宪军、吴伟仁译. 天津:百花文艺出版社,2006.
③ 克洛德·列维-施特劳斯. 结构人类学[M]. 张祖建译. 北京:中国人民大学出版社,2006.
④ 克洛德·列维-施特劳斯. 野性的思维[M]. 李幼蒸译. 北京:中国人民大学出版社,2006.
⑤ Rosso, Stefano. "*An Interview with Paul de Man*" in *The Resistance to Theory* [M]. Minneapolis: University of Minnesota Press, 1986: 121.
⑥ De Man, Paul. *The Resistance to Theory* [M]. Minneapolis: University of Minnesota Press, 1986: 11.

它与"mat"或"cad"相区别,也就是说,"cat"的所指是一系列的能指之间区别的产物。换言之,能指之所以能指,只是因为它含有能指的可能性,而它滑向所指层的过程中是一个充满了区别的过程,在此过程中,能指无法将意义禁锢在自身内部,而是通过对其他符号的区别性依赖而得以获得自身相对的意义。能指指向其他的能指,其他的能指又反过来指向该能指,既有无限性又有循环性,于是我们看到的只是能指之间的游戏,符号的意义就在滑动中的能指链上,而不是在符号自身之内,这样就使我们无法达到对所指的终极理解。能指和所指就这样被分开了。这就意味着当我们阅读文本的时候,对语言符号的理解永远不是透明的,不是意义立现的,而是要追踪一系列的指意链条才能达到对文本的相对理解,意义需要对其他的符号的能指踪迹进行追踪才能得来。意义自身悬而未决,它不"是"自己,它通过"不是"来界定。符号本身虽然具有一致性,但是由于语境的不同,其所指在一系列的指意链中会被改变。

理解了这种差异所包含的能指与所指的关系问题,就意味着语言并非如结构主义者所认为的那样是一个稳定的结构,而是充满了动态的张力,包含着能指和所指的符号之间充满了互动、播撒、扩散或者分离等各种各样的联系,这无疑会造成表意过程的开放性而不是确定性。德里达将这种特质概括为"踪迹"以及"异延",以此来强调要充分注意到符号在表意过程中的差异性,真正面对符号的能指与所指不能一一对应的事实,从而理解意义永远也不可能具有确定性的论断。语言符号使我们不能达成对确定意义的圆满理解,也永远无法形成统一而稳定的结构。在此契机点上,结构主义走向了解构。

对稳定结构的寻求和建构在很大意义上使我们回到了西方形而上学寻求终极意义的原点上,回到了对超验能指(transcendental signifier)的渴望上面,无论它是以什么样的语词或者身份出现:理念、上帝、本质、真理、在场等等,似乎所有的符号都指向这一超验能指,受它制约,似乎它可以超越所有的符号,具有确切的无可置疑的意义。但是,难道所谓超验的能指不是存在于语言符号中的吗?既然它也存在于符号中,就必然受到符号本身指示意义方式的控制,它本身必然也是差异的产物,也必然在很大程度上显示出不稳定的特征,甚或是虚构的特征。它必然像其他的语言符号一样在指意链上游走,带着其他符号的踪迹,也就是说,它终将在与其他符号的关系中才能获得自身的相对意义。从这个意义上讲,超验的能指只是一个神话,实际上并没有一个外在于符号的超验能指,它本身只是形而上思想的一种具体体现。

解构批评实践终结了形而上的建构,证明了没有一个结构是可以通过建构意义等级来完成的。众所周知,这种建构就是意识形态之中二元对立的认识方式。男人与女人、声音与书写、自我与非我、中心与边缘、文学与哲学、自然与文化等等的二元对立,就是结构主义所要揭开的意义等级和逻辑。以德里达为代表的解构批评正是通过证明对立项中的一个方面是怎样内在于另一项从而颠覆了等级。譬如,西方语音(逻各斯)中心主义的传统认为语音是即时的表达,是在场的,因此是真实的,而书写则是不在场的、补充性的,在德里达的解构实践中,语音不再是高高在上的、超越书写的存在,因为它本身就是有待书写的,是总的书写的一部分。这样,语音与书写之间的等级就被颠覆了。伊格尔顿曾评价结构主义说:"结构主义从历史逃向语言:一个具有反讽意味的行动,因为……几乎没有什么能比这一行动更具有历史的重要性了。"[1]

在对结构等级秩序的观照中,有一项二元对立是德里达与德·曼都曾解构过的,这就是哲学文本与文学文本的二元对立。这项二元对立肇始于柏拉图欲将文学家驱逐出"理想国"之时。柏拉图认为文学家的语言充满修辞性,不能传达真理,是危险的。而解构思想认为哲学与文学同时存在于语言中,而语言不是透明的、确定无误的。毫无疑问,语言具有一定的指涉性,否则无法理解当下的批评写作,德·曼自己也不讳言他的写作依赖这种指涉性。他曾写道:"解构阅读指出语言指涉性的虚妄,但这么说的时候,它也无可避免地正是在使用语言的指涉用法。"[2]但是他提出的是语言只有指涉的"可能性",这是一个非常重要的问题。

德·曼在对语言的思考中借鉴了德里达的观点:语言具有"延异"性与"播撒"性。播撒是说语词具有开放性,一个语词总是向着文本中的其

---

[1] 特里·伊格尔顿. 二十世纪西方文学理论[M]. 伍晓明译. 北京:北京大学出版社,2007:138.
[2] De Man, Paul. *Blindness and Insight* [M]. London:Routledge, 1989. p. 125.

他语词流散,从而不断取消自身的意义。延异说明了语词与其他语词不仅相异,还有实践上的延迟,因此具有不确定性。这两点都说明了语词具有动态特征。文本从最基本的单位来看就是不稳定的,因此要理解其确切含义也是不可能的。德·曼想要揭示的是当人类把指涉性当作语言的实质来推崇的话,它只表明人类的自大,就如同之前的新批评和结构主义对意义和结构的肯定本身就是一种虚妄自大的假设。德·曼强调我们在理解和认识世界和文本(无论是何种文本)时所应具有的怀疑性,并从语言的角度以自己的方式和声音质疑传统,颠覆了哲学文本由于表达了真理而优于文学文本的等级秩序,强调了正是由于文学文本从不讳言自身的虚构性,因此比哲学更接近语言的本质,继而彻底解构了这一对二元对立。正如汪民安等在《后现代性的哲学话语》中所写:

> "后现代的语境下,上帝死了(被解构了),拥有和上帝一样至高无上权力的逻各斯被解构了,本质、真理、理性、主体被解构了,总体性被解构了,为了维护形而上的统一性和总体性而被忽视甚至牺牲的异质性成为了认识的对象。语言不再是由逻辑和语法构成的一个有秩序的理性的表达系统,作为作者的主体也无法控制语言这个系统,因为主体无时无刻不受到语言物质力量及其系统性的掌控和约束。语言不再透明地照亮这个世界……不是抵达物质世界的通道。语言自己掌握自己的命运,词开始发现了自身,它向自身折叠了起来,向自身收缩、合拢、集结、凝聚……写作因而不是将再现作为目标,将透视作为目标,而是将字词、语言、符号帝国作为目标;写作即是构筑一个没有指令、没有管制、没有独裁的符号帝国。文本的物质力量不是借助于外物,不是借助于文本'再现'出来的力量,不是借助于文本运作于其中的机制;文本力量来自纯粹的文本性……"[①]

---

① 汪民安,陈永国,马海良主编. 后现代性的哲学话语——从福柯到赛义德[M]. 杭州:浙江人民出版社,2000:6.

在探讨有关尼采《悲剧的诞生》一文中,德·曼写道:"在文学研究中,人们经常运用历史术语,而不是运用符号学术语或修辞学术语来描绘意义的结构……一切文学必然由语言要素和语义要素构成。然而文学研究者们似乎厌恶语义结构的分析,而感到对心理学问题或编史工作问题更为谙熟。"① 这句话亮出了德·曼自己的观点:一个文学研究者必须对构成文学本身的要素和规则有所熟悉,要从内部了解构成文学的要素和结构,学会使用和语言相关的术语来描述和阐释文本,而不是间接地通过其他的方式或渠道达成对文学作品的理解和研究。

在一篇关于黑格尔《美学》中象征以及寓言的论文中,德·曼曾提到黑格尔对符号武断性的论述。黑格尔说:"不过在单纯的符号里,意义和它的表现的联系是一种完全任意构成的拼凑……一种语言里绝大部分语音和它们所代表的观念在意义上都是任意结合在一起的……"② 德·曼认为黑格尔对于符号这种特征的概括与索绪尔之前许多人对此的概括是一致的。但是,黑格尔的概括只是简单的、结论式的。德·曼在其论文中曾提及,对于语言和符号的重视来自他对索绪尔和皮尔斯这两位符号学大师关于语言是符号这一命题的接受。实际上,理解语言的含混性是理解德·曼解构思想的第一步,也是最为重要的一步。德·曼认为:被称作真理的东西只是一个隐喻而已。这与索绪尔的语言观是相辅相成。索绪尔语言符号的二分法模式说明了一个能指可以自由地在语言系统里选择一个所指,因此没有一个能指比其他任何能指更适合所指。从这一意义上,语言的任意性被解释成语言的自足性和相对的独立性,语言不是外界现实的对应指涉或表征,它不反映现实而是建构现实,或者说,在建构现实中语言发挥关键性的作用。结构主义者如罗曼·雅柯布逊(Roman Jakobson)、罗兰·巴特(Roland Barthes)、克洛德·列维-施特劳斯(Claude Lévi-Strauss)等秉承这一传统,认为是语言本身的内部结构使外部的事物产生某种联系,从而形成外部世界的井然秩序。因此,巴特运用语法概念对任务行为进行分类;阿尔吉尔达斯·朱利安·格雷马斯(Algirdas Julien Greimas)对神话要素进行分类;弗拉基

---

① 保罗·德·曼. 阅读的寓言[M]. 沈勇译. 天津:天津人民出版社,2007:84.
② 黑格尔. 美学(第二卷)[M]. 朱光潜译. 北京:商务印书馆,1996:10.

米尔·普罗普(Vladimir Propp)总结民间故事的"母题",他们都把索绪尔的思想应用在文学研究和社会的结构分析中,在其他符号系统或交际系统中以语言模式来探讨更广泛的社会现象。然而,他们的研究还仅限于使语法与修辞保持在功能上的统一,并没有考虑语法结构与修辞结构的差异,因此二者各自的特点也就没有得到充分的挖掘。德·曼则从另一个角度接受了这些关于语言和符号的观点:对能指与所指的任意性的关注使他强烈反对那种在文学研究中在文本的外部和内部之间建立指涉关系的方法。对他而言,急于在文本内的语词与文本外的意义之间建立一种对应,意味着文本中语言的文学性(修辞维度)受到了忽视。在对修辞的认识上,德·曼接受的是美国符号学大师查尔斯·皮尔斯(Charles Sanders Peirce)的观点。

在柏拉图时代,修辞被视为虚假、做作、炫耀的语言,辞格的使用被认为是不自然的或是不严肃的。而古代人文学科发展史上的三大分支:语法、逻辑和修辞中就有重前两者轻后者的传统,认为语法和逻辑共同形成了一种稳定结构,而修辞只是点缀和装饰,附属于语法和逻辑。德·曼质疑修辞是语言特殊用法的观点,认为语法与修辞并不相互统一,修辞辩证地破坏语法模式中符号和意义达成的一致性关系,这一点与符号学家皮尔斯的观点是一致的。皮尔斯在从认知的角度解释符号时,使用了三分法,符号模式被分为符号、所指事物以及其在头脑中产生的认知。符号并不是一系列物体的结合,它们只存在于释义者的头脑之中——只能被解释为一个符号。这种符号三分行为被解释为符号过程(semiosis),在此过程中,符号对其释义者产生认知影响。一个符号在使用者的头脑中产生的另一个符号被称作该符号的"释义素"。① 值得注意的是,符号的释义不是一个意义而是另一个符号,即解释符号并不意味着为它找一个意义,而是用另一个符号来指代它。皮尔斯认为,这种无止境的符号过程,"由'一个符号产生另一个符号'的方式和过程是一种纯粹修辞学(pure rhetoric)的过程,它和纯粹的语法是有区别的,纯粹语法假定非争议性的,二元性含义是可能的;它也和纯逻辑相区别,纯

---

① Chandler, Daniel. *Semiotics for Beginners* [EB/OL]. http://www.aber.ac.uk/media/Documents/S4B/sem02.html.

逻辑假定含义的普遍真实性是可能的。"① 这种纯修辞的想法与符号通过指意链的动态确定过程有着异曲同工之妙。两者皆强调符号与意义不一致，而只是与其他符号相关联。皮尔斯纯粹修辞学的观点成就了德·曼在文本内部进行解构运作的可能，于是，德·曼运用语言学和修辞学的知识进入了文本之中，开始研究意义的生产方式，这样一来他就摆脱了解释意义的负担，集中关注语言的文学性，从而为文学批评研究打开一个新的局面。

---

① De Man, Paul. *Allegories of Reading* [M]. New Haven and London: Yale University Press. 1979: 9.

第三章

修 辞
——解构策略的新维度

保罗·德·曼的修辞解构策略是一个包含有解构批评思想、从修辞的维度进入作品并且对作品进行由内而外的解构批评操作,这与德里达的解构思想不尽相同。因此为了更好地理解这个策略,就必须首先对德·曼策略中的几个关键性词语所包含的意义进行一个概括性的解说。本章节追溯了西方修辞学的发展史,梳理和阐释修辞与认识、修辞与语法的关系,将保罗·德·曼对语法认识论和修辞认识论的区分作以阐释,并从德·曼对修辞与文学性关系的说明解释了德·曼何以产生了从修辞的角度对文本进行解构的策略。

第一节 西方修辞学:历史与现状

修辞学是社会实践的产物。西方修辞学诞生于公元前5世纪的古希腊,是一门古老的学问和一门实用性的综合艺术,在公共事务以及教育领域中都起着巨大的作用,例如在法庭、集会、公共论坛上进行辩论、说理以及劝说。由于希腊人高度重视对公共(民主)政治的参与,修辞一度成为影响政治的重要工具。古希腊也出现了一批智者,他们教授修辞学、文学、哲学等,培养了演说家(政治家)。但是由于他们中很多人教人在演说中怎样混淆是非欺骗听众,因此也被称为"诡辩家"。柏拉图(Plato)就曾在《高尔吉亚》(*Gorgias*)及《斐德罗》(*Phaedrus*)中抨击过修辞学,他通过苏格拉底之口说:"……这种语言的技艺是由追随信念的人,而不是由知道真理的人来展现的,它实际上是一种可笑的技艺,或者说它实际上根本不是技艺。"① 在这里,柏拉图将修辞归为信念的助手,认为它不能展现真理,因为真理是通过哲学来展现的,是通过科学的方法求证事物的本质,揭示概念与现象之间的关系,而修辞学只是可笑的技艺。为消解柏拉图对修辞学的歧视,在公元前 4 世纪,亚里士多德(Aristotle)撰写了《修辞学》一书,对修辞学进行了历史上第一次系统的总结,为后世的修辞学研究奠定了坚实的基础,西方此后上千年的修辞研究都是对亚里士多德修辞学的阐释和发展。亚里士多德在修辞学开篇的第一句话就规定了修辞学的研究范围:"修辞术是论辩术② 的对应物。因为两者都论证那种在一定程度上是人人都能认识的事理,而且都不属于任何一种科学。"③ 亚里士多德将修辞学定义为"在任何事情上有效劝说别人的艺术"。④ 可见,这一定义还是在古希腊语境下对演说修辞艺术的总结,也表明了亚里士多德对柏拉图修辞学的继承,即将修辞术作为论辩术的对应。亚里士多德从立论以及修饰词句等角度总结了修辞学,认为修辞学是属于与诗学一样的创造性科学,可以用来指导创作活动,这里面包含了论证方式、对听众情感的分析、修辞术的题材以及说服的方法、风格与安排(这里面涉及了很多修辞技巧)。在对欧洲后世的修辞学研究方面影响最大的就是涉及修辞技巧这一部分,脱离了民主政治的欧洲对演讲说理方式的依赖逐渐减弱,而在书面语言中所呈现的

---

① 柏拉图. 柏拉图全集(第二卷)[M]. 王晓朝译. 北京:人民出版社,2003:179 页。
② "论辩术"原文是 tekhne dialektike,意思是"问答式论辩的艺术",后世转译为"辩证法"(dialectics)。亚里士多德. 修辞学[M]. 罗念生译. 北京:生活·读书·新知三联书店,1991:21.
③ 亚里士多德. 修辞学[M]. 罗念生译. 北京:生活·读书·新知三联书店,1991:21.
④ 同上,第 24 页。

对修辞技巧的依赖却还是一如既往。于是,亚里士多德修辞技巧中所研究的字词、比喻、节奏、风格等就逐渐上升到相对重要的位置。

此后,罗马的修辞学家深受亚氏的影响,西塞罗(Marcus Tulius, Cicero)、昆提利安(Marcus Fabius Quintilianus)等都继承了古希腊对修辞学的研究,并且推进了修辞学的发展。相比之下,西塞罗更重视隐喻的作用,重视散文的节奏。随着对修辞学的使用,到了中世纪,修辞、逻辑和语法被设为人文教育的三个基本科目。其中,逻辑和语法被认为是默契一致的,因为他们强调一套规则。而修辞是外在的形式,它要做的是把语法和逻辑上论证的确定事实以更有效的方式传递出去。文艺复兴时期的修辞学研究以法国哲学家佩特吕斯·拉米斯(Petrus Ramus)为代表,他把觅材取材、布局谋篇划归为逻辑学,把文体风格和演讲技巧划归为修辞学,于是对修辞学的研究开始局限在文体风格方向。但是在这一时期,弗朗西斯·培根(Francis Bacon)认为修辞学可以传送真理,只是在通过对思想和文字"被歪曲形式"阐述所传递的这一真理存在着一种可能性,即思维和语言的过程从来不能客观地传送真理。①

启蒙主义时期,科学和哲学革命对修辞学产生了很大的影响。17世纪末,修辞学的研究与诗歌、历史等密切结合。18世纪,修辞与文学批评结合得已经非常紧密,并一直持续到19世纪。这一时期对古典修辞学继承的著名人物是乔治·坎贝尔(George Campbell),他的最重要著述为《修辞哲学》(*The Philosophy of Rhetoric*)②,其中坎贝尔将修辞作为劝说艺术的观点重新定义为"使话语适合其目的的艺术或才能",并且认为逻辑学应该被看作修辞学的工具。此外,休·布莱尔(Hugh Blair)的《修辞学与纯文学讲座》(*Lectures on Rhetoric and Belles Lettres*)展开了对鉴赏和文学评论的分析,影响很大。还有理查德·威特利(Richard Whately)的《修辞学原理》(*Elements of Rhetoric*),对诗学和修辞学理论都产生了显著的影响。约翰·斯特林(John Stirling)的"修辞学体系"则展现了97种修辞格以及布局形式,因辞格之多而流传很广。上述修辞学著作在19

---

① 胡曙中. 美国新修辞学研究[M]. 上海:上海外语教育出版社,1999:466-467.
② Campbell, George. *The Philosophy of Rhetoric* [M]. Ed. Lloyd. F. Bitzer. Carbondale: Southern Illinois UP, 1988.

世纪的英美学校中都产生了深远的影响。但在这一时期也出现了以意大利修辞学家詹巴蒂斯达·维科(Giambattista Vico)为代表的对笛卡尔哲学进行反驳的学说,认为哲学家的方法也是依赖于或然性,而不依赖对绝对真理的证明,这与修辞学的论证方式相近。而修辞学与哲学不同的是前者能够在这个前提基础上,认真对待或然性,并有意识地用或然性的方法对论辩和劝说进行指导,这样说起来修辞学比起哲学要更负责任,因此应该重视从语言功能的角度对知识形成的方式进行分析研究。

而进入20世纪以后,修辞学在欧洲和美国的发展被称为西方新修辞学时期。正是在这一时期,美国修辞学开始了长足的发展,成为一门重要的跨学科理论。尤其是进入30年代以后,修辞学家们从现代研究的各个方面,如心理学、社会学、人类学、行为主义、语言学、语义学等领域汲取了丰富的知识,对语言、意义、伦理、思想之间的关系有了更为深透的理解,从而将修辞学延展为一门将语言视为社会行为而对其进行综合性研究的语言理论:理查兹的修辞哲学(1936)、肯尼思·伯克(Kenneth Burke)的动机修辞学(1950)、理查德·韦弗(Richard Weaver)的价值修辞学(1953)、韦恩·布斯(Wayne Clayson Booth)的小说修辞学(1961)、唐纳德·史密斯(Donald K. Smith)的认知修辞学(1967)以及保罗·利科(Paul Ricoeur)等人对隐喻的论述(1975)为代表的修辞学说出现了,修辞学的研究显现出多元化、跨学科的态势。曾经撰写《动机语法学》与《动机修辞学》的伯克认为文学以语言来影响读者,所以文学应该被视为修辞学的一个分支。理查兹认为意义不是找寻词语的内在涵义,而是一种阐释。[①] 布斯出版了《小说修辞学》(*The Rhetoric of Fiction*)一书,深化了对小说的修辞学研究,其后还有詹姆斯·费伦(James Phelan)对叙事修辞的研究,等等。总之,20世纪是修辞学的复兴时期,不过这一时期的研究不仅有对传统修辞学的继承与发展,也有对它的挑战和否定。它已经全面超出了古典修辞学的涵盖范围,成为整合了20世纪科学与知识发展后对修辞学深入探讨的成果,并且逐渐凸显了认识论的研

---

① 胡曙中. 美国新修辞学研究[M]. 上海:上海外语教育出版社,1999:468-504.

究特征,成为具有跨学科意义的研究。

第二节　修辞与语法

　　语法、逻辑与修辞一直是中世纪时期人文学习的三个科目,其中,语法与逻辑紧密联系,而修辞一直被认为是在两者之外的装饰和渲染。这是因为语法和逻辑都遵从一定的结构和规则,具有稳定性,而修辞带有超出常规的性质,具有无限的增殖力。然而,尼采却在教授古典修辞学时,凭着他对语言的了解,提出这样的见解:"是语法格,抑或是修辞格,难以断定;言者表现其思想内容的方式和比喻的习惯方式,其间通常无法勾画出一条固定的界限。因为语言也体现独特的构造形式,我们视某种手段为语法格抑或修辞格,皆依多少出自习惯的或然判断而定。"[①] 这句话告诉我们:语法与修辞紧紧地纠缠在一起,很难将两者区别开来。德·曼从不同于尼采的角度质疑过修辞与语法的关系:"……语法上的语内表现行为范畴和修辞学上的言语表达效果范畴的连续性是不言而喻的。这个连续性成为新修辞学的基础,这个新修辞学,恰如在托多洛夫和热奈特那里一样,也是新语法学。"[②] 德·曼的判断比尼采更近了一步,是从言语行为的角度将语言行为与语言后果相连接,看到它们之间的因果性,从而理清了语法与修辞无遮蔽衔接的缘由。

　　从语法与修辞这对关系上来看,一个代表普遍性和生成性,代表一种稳定的结构,被认为传递确定的意义,具有一整套可以习得的规则;而另一个则代表着不确定的因素,可能使语法所表现的意义与其真正表达的相反。例如,修辞问句中就存在着语法和修辞夹杂的状况:一个按照语法规则建立起来的疑问句却可能是在表达一种肯定或是否定。在这

---

① 弗里德里希·尼采.古修辞学描述[M].屠友祥译.上海:上海人民出版社,2001:61.
② De Man, Paul. *Allegories of Reading* [M]. New Haven and London: Yale University Press, 1979: 301.

种情况下,一个问题急需得到重视和解决:修辞是怎样被裹挟在语法之内的? 这样的问题带给德·曼的是著名的《符号学与修辞学》(Semiology and Rhetoric)的论文,德·曼在这里通过两个例子探讨了修辞与语法的关系,即他们是怎样紧密联系却又彼此拒斥的。

1. 语法的修辞化

语法的修辞化与修辞的语法化是德·曼对传统意义上语法、逻辑、修辞三者作为完全分开的概念和运作法则的一种反驳,他认为语法与修辞是无法真正分开的。

所谓语法的修辞化指的是语法意义上的句子既可以按照语法意义来理解,也可以按照修辞意义来理解,而且通常修辞意义的理解要高于语法意义的理解。比如德·曼批评中最著名的一个修辞问句例子:怎样区分舞者与舞蹈? 这是叶芝诗歌中的一句。按照惯例,这个句子应该是先从修辞意义上进行理解的,因为修辞问句不需要回答,答案就在句子的反问或设问的语气里面。在此句中就意味着舞者与舞蹈无法区分。然而,当我们都已经熟悉了修辞问句的用法之时,我们似乎已然忘却句子在从修辞意义上被理解之前,在本质上是一个语法意义的句子,而且语法句有其真实的问题存在:那就是究竟怎么做出区分? 以什么方式区分? 舞者和舞蹈究竟可不可分? 具有本质优先性的句法滋生出的修辞义竟然占了上风,修辞掩盖了语法意义,语法就这样被修辞化了。这时的句法如果同时在语法和修辞两个层面上作用,就产生了两种互相排斥的用意:一个肯定自身(两者之间的区别),另一个则否定了自身(两者之间无法区别)。在这一点上,"修辞学从根本上中止了逻辑,展现出指涉性变异的令人眩晕的可能性"。① 符号的指涉性产生了巨大的偏转和变异,在语法之外具有强大的"暗示意义"(德·曼称之为"修辞意义"),德·曼把这种强烈的修辞潜在性认可为文学的基本特征,从而将修辞与

---

① De Man, Paul. *Allegories of Reading* [M]. New Haven and London: Yale University Press, 1979:10.

文学等同起来。

然而,回到这句本身就含有无限张力的句子,认真思考一下句子中的"舞者"与"舞蹈"的关系,就会发现如果从修辞的角度来理解这个句子,就暗示了舞者与舞蹈之间的统一性,即创造者和创造物之间的不可分割所暗示的一种潜在一致性。如果将舞者与舞蹈的关系换做是符号与符指之间的关系的话,那么似乎就完成了传统意义上符号与符指之间的对应和统一关系,使我们通过符号就可以完全地理解符指的意义,仿佛这中间没有障碍一样。然而,事实是:抛开表面的统一性不谈,舞者与舞蹈是存在着一种关系的,舞蹈是舞者的行为,一个是行为,另一个是行为的发出者,按照语法意义追究下去的话是可以进行也必须进行区分的,在此,修辞意义所造成的同一性抹杀了舞者与舞蹈或者说符号与符指之间的差异和冲突。这样的修辞学现象带给我们的一个寓意是:虽然通常情况下,字面意义比引申义的解读要简单,但是阐释未必就该按照字面意义进行解读。缠绕在一起的语法与修辞影响了对所谓意义的理解。

2. 修辞的语法化

对修辞语法化理解的难度要远远大于对语法修辞化的理解。德·曼采用了普鲁斯特小说中的一个场景来说明这个问题,为了说明的有效性,这里暂且引一小段来做分析的背景:这是一个关于年轻的马赛尔躲在房子里面读书的情形:

> ……我手里拿着一本书,横躺在卧室的床上。百叶窗差不多都合上了,它颤颤巍巍地把午后的阳光挡在窗外,护住了房内那透明的、脆弱的凉爽,然而,一丝白昼的光线仍然设法张开黄色的翅膀钻了进来,像一只蝴蝶,一动不动地歇在百叶窗和玻璃窗之间的夹缝里……此外,还有一群苍蝇,像演奏夏季室内乐似的在我的眼前演奏它们的小协奏曲,倒跟你在盛夏季节偶尔能听到的乐师们演奏的曲调不一样,但是能让你联想到人

间的乐声;这种音乐由一种更加不可或缺的纽带把它同夏季联系在一起……

我的房间中这种阴暗的清凉和大街上明媚的阳光的关系,正如同阴影同光线的关系,也就是说,它虽暗犹明,并且给我的想象展示出夏季的全部景象;而倘若我在外面散步,我的感官恐怕也只能品享到其中的一些片段;因此,这种幽暗,同我的休息十分合拍。对于常常被书中的惊险故事激动的我,休息也只像放在水中一动不动的手掌,经受着激流的冲击和摇荡。①

这段话中最引人注目的就是比喻语言的运用,或者说是修辞语言的运用:光线如蝴蝶、苍蝇像在演奏小协奏曲、休息像放在激流中的手掌等等,所有这些修辞手法都是隐喻性的。隐喻这种表现手法如此美妙、清新,似乎远远优越于以相邻原则建立起来的联系:苍蝇与夏天的必然联系。而且从这段话中的修辞印象来看,似乎在审美方面,隐喻要比转喻更有特权。然而,"当我们对隐喻的统一性力量予以高度肯定时,这些意象实际上却来自半自主性语法模式的欺骗性运用。隐喻和所有修辞模式的结构,诸如摹仿、异常法、拟人法等,以相似性作为掩盖差异的方式,它将我们重新带回到语法的、源于语法模式的符号学的那种非个人化的严谨。"②隐喻替代的美学效应是主体创造出来并且通过语法表现出来的,因此,雅柯布逊所主张的基于纵聚合的替代轴过渡到了由于偶然的联想引向的横向组合轴上,对修辞的理解就成为语法化理解了,修辞被卷入语法的维度里面,隐喻通过转喻建构了自身,于是,隐喻不再表现为优于转喻。这就是修辞的语法化。然而,德·曼还没有停止这个探讨,而是在隐喻与转喻之外又添加了一个语气问题。语气在句子和语法中流动,它们之间的关系是隐喻性的,或者说它本身就是隐喻,是停留在语法横向轴上的隐喻,因为这语气由于语法而存在。

德·曼在这里所用的隐喻与转喻的表述来自结构主义语言学家雅

---

① De Man, Paul. *Allegories of Reading* [M]. New Haven and London: Yale University Press, 1979: 13-14.

② Ibid., p. 16.

柯布逊的理论,也是认知语言学的一个重要内容。雅柯布逊在对失语症现象的研究中分析了隐喻与转喻的修辞学功能。失语症患者会混淆词语的相似性,失去对意义的选择能力或失去对相邻性的把握而产生紊乱,无法构造句子。雅柯布逊于是将这两种修辞格视为最重要的修辞格,并将相似性定位为纵聚合关系的选择轴,而相邻性定位为横组合关系的选择轴。由于隐喻是以替代为特征,因此具有选择性的纵聚合关系,而转喻由于相邻性而呈横组合关系。在《源自〈语言学与诗学〉》(From *Linguistics and Poetics*)一文中,雅柯布逊指出:"诗的功能就是从选择轴上把类似性原则投射到组合轴上。"① 从这个基础出发,雅柯布逊将隐喻和换喻这一对范畴应用在对文学作品的分析中:抒情诗由于重相似性关系而更具隐喻性,史诗则由于凸显相邻性原则而更具转喻性。与此相应,浪漫主义、象征主义就更具隐喻性,而现实主义就更具转喻性。这里面的两个轴:组合轴和联想轴,以巴特的说法叫做组合轴和系统(即隐喻的联想轴)被认为是

> "……语言的两个平面。虽然人们对二者的研究结果尚不明确,我们仍可预见将来会对着两个语言平面相互渗透的全部现象加以彻底探讨,其方式类似于相对于系统和组合段之正常关系而言的某种'畸胎学'(teratotologique)式的研究。这样我们看到,两个轴的分解方式实际上有时是'变态的',例如,聚合体转变为组合段,于是组合段与系统之间的通常区分被违反了,或许正是由于这种违反区分规则的情况才导致大量创造性现象的出现。"②

如果将德·曼关于修辞语法化的阐释对应巴尔特的这段话来看就非常清楚了,选择性的隐喻将自己置放在横组合的相邻性上面得以完成

---

① Jakobson, Roman. From *Linguistics and Poetics* [A]. David H. Richter (ed.). *The Critical Tradition* [C]. Boston & New York: Bedford/St. Martin's, 2007: 858.
② 罗兰·巴尔特. 符号学原理[M]. 李幼蒸译. 北京:中国人民大学出版社,2008: 66.

自己的意义过程,因此修辞被语法化了。不过,此处有一点值得商榷:转喻以相邻为基础,因此是横组合上面的,而语法(或者此处用句法更妥当)是以相邻为基础的,因此也是横组合轴上面的,于是隐喻与转喻的横纵组合关系就变成了德·曼此处拆解的修辞与语法的横纵组合关系,于是隐喻成为修辞的隐喻替代,而转喻成为语法的隐喻替代。从语法的修辞化到修辞的语法化,可以看出语法与修辞的确密不可分。那么,语言到底能做什么?修辞又已经做到了什么?这将是下一章节里讨论的中心问题:保罗·德·曼的修辞解构策略。

第三节 修辞与认知

修辞从诞生之初就与认识密切相关,修辞具有认识的能力这一观点实际上来自古希腊。当时的诡辩学家普罗泰格拉(Protagoras)和高尔吉亚(Gorgias)就认为真理是语言的产物。无论是17、18世纪的理论家勒内·笛卡儿(Rene Descartes)、约翰·洛克(John Locke)及乔万尼·巴蒂斯塔·维柯(Giovanni Battista Vico),现代的修辞哲学家如唐纳德·布赖恩特(Donald Bryant),还是学者如罗伯特·斯科特(Robert Scott),都认为修辞具有认识作用。意大利修辞学家维柯认为修辞是人类理解世界的关键方法。他提出以修辞格为基础的关于语言、思维和经验之间关系的理论,并假定人类的思想首先是由隐喻发展而来的。① 肯尼思·伯克则指出人的语言不是纯粹的符号,它还建构我们的现实。在《动机语法学》中,他给修辞下的定义是:"一些人对另一些人运用语言来形成某种态度或引起某种行动。"② 斯科特在论述修辞与认知的关系时得出了结论:"在人类事务中修辞学必须被视为一种认识世界的方法:修辞学是认

---

① Vico, Giamttisto. *The New Science of Giamttisto Vico* [M]. rev. trans. of third ed. (1744) by T.G. Bergin and M. H. Fisch (Ithaca), N.Y. 1968:129.
② Burke, Kenneth. *A Grammar of Motives* [M]. Berkeley:University of California Press, 1973:57.

知性的。"① 在现代语言学的高度发展的背景之下,对各种修辞格的分析以及作为劝说修辞的言语行为分析越来越细致,不但有在语素、音节、词、句以及语段这些层次上对辞格表达形式以及内容形式的描写,还有从语用学角度对辞格意义以及辞格的生成方式做出的分析,赫伯特·保罗·格赖斯(Herbert Paul Grice)、约翰·罗杰斯·塞尔(John Rogers Searle)以及杰弗里·利奇(Geoffrey Leech)就是后者的代表。70 年代后,修辞研究已逐渐成为修辞学、哲学、语言学、符号学、人类学以及思维认知的跨学科研究。

在解构批评家德·曼的视野内,修辞不再强调古典修辞学中劝说的重要性,而是将修辞的认识功能摆在了中心位置。因此,德·曼将以语法和逻辑为基础的认识放在了与修辞认识的对立面上,这一点似乎与意大利修辞学家维柯从语言功能的角度对知识形成的方式进行分析有着近似的基因。在《符号学与修辞》一文中德·曼清楚地写道:"区分语法认识论和修辞认识论是一个棘手的任务。"② 可见,修辞与语法是德·曼解构策略中的关键术语。这里所说的语法认识论指的是语法一直以来被当作统领语言的规则,这规则与逻辑相辅相成被认为可以直达认识和真理,而修辞一直以来就被认为是附属于语法的某种意义上的补充物,本身并不能达成真理,因此修辞的认识论功能并不被人所认可。德·曼要解构的正是这种把语法凌驾于修辞之上的认识,把确定的意义凌驾在认知复杂性上面的认识;他要强调的是认知的复杂性,即修辞的认知功能被忽略了。修辞不仅仅是审美意义上的装饰和附属,而是本身就具有认识功能,是人类认识世界、获取知识从未离开过的方式。在"隐喻认识论"一文中,德·曼提出他的论点:"修辞学就其本身来说,并不是一门历史学科,而是一门认识论学科。"③

---

① Scott, Robert L. On Viewing Rhetoric as Epistemic [J]. *Central States Speech Journal*. 1967(1):9-17.
② De Man, Paul. *Allegories of Reading* [M]. New Haven and London:Yale University Press. 1979:7.
③ De Man, Paul. *Aesthetic Ideology* [M]. Minneapolis\London:University of Minnesota Press.1996:50.

综观德·曼的文本,可以看出一些重要的文学家评论家在修辞观上对他的影响。首先是弗里德里希·威廉·尼采(Friedrich Wilhelm Nietzsche)的影响。尼采早年曾在巴塞尔大学任语文学教授,于1872—1873年的冬季学期教授修辞学,其教授内容被记录下来,就是今天我们看到的《古修辞学描述》。尼采的语言和修辞学思想对20世纪后半叶的人文学者影响很深,其中就有罗兰·巴特和保罗·德·曼。德·曼对尼采的探讨非常深入,专门撰写《论尼采的转义修辞学》(Rhetoric of Tropes)和《论尼采的劝说修辞》(Rhetoric of Persuasion)之文。在前一篇文章中,德·曼边缘化尼采其他的哲学思想,而"以尼采对修辞学关注的哲学底蕴为取向",把尼采的修辞学论述放在了中心,认为"尼采式解构的第一步,便提醒我们关注语言的比喻性"。尼采在提及修辞与语言的亲缘关系时,曾提出"语言本身全然是修辞艺术的产物……语言就是修辞,因为它欲要传达的只是意见,而不是系统知识(真理)……一切词语本身从来就是隐喻……语言决不会完整地表示某物,只是展呈某类它觉得突出的特征"。[①] 尼采断言语言的本质是修辞性的,本身就是隐喻而不是再现性的(representational)。因而亚里士多德所界定的修辞学为"在任何一种问题上找出可能的说服方式"中的劝说技巧实际上是依赖转义(trope)理论的。尼采提醒我们注意语言的比喻性,并且以真理是一支运动着的"隐喻、转喻和拟人法"的军队来解构真理和试图避免掉入陷阱的可能性。卢梭关于语言起源的研究也揭示了同样的道理,这在德·曼对卢梭的解读中也有所提及。这些观点都从不同的角度颠覆了符号与意义的一致关系。

凭借对这些哲学家、语言学家以及新修辞学家对符号、语言以及修辞理论的认识和发展,通过潜心解读文本和对修辞、语法以及逻辑关系的分析,德·曼指出:原始意义上的文本解读是依赖语法和逻辑的确定意义以及修辞的附属的、装饰性的功能来表述意义,但实质上,倘若对修辞进行仔细分析,就会发现语言修辞维度的重要性。修辞不仅有传统意义上模糊性、歧义性、多义性、多指涉性,因而无法受到语法和逻辑的严

---

① 弗里德里希·尼采. 古修辞学描述[M]. 屠友祥译. 上海:上海人民出版社,2001:20.

格控制,而且修辞的维度可以扩展到整个语言,因为符号对符指的替换从一开始就是修辞性的,这意味着语言的本质就是修辞性。修辞,与语言一起诞生,并以自己的生命活动破坏和动摇着原本应该是稳定的基于语法和逻辑意义的大厦,使其支离破碎不复存在。正是从修辞学认知的意义上,德·曼解构了文本终极意义的逻各斯。因此,在《对理论的抵制》中德·曼写道:

> "文科第一科目语法的研究,是获得科学和人文知识的必备先决条件。文学理论只要不触动这个原则,就决不具有任何威胁。理论和现象论之间的连续性,是由这个体系本身所确定和维护的,只有当再也不可能忽视话语**修辞维度上的认识论**压力时,即再也不可能使它就范于仅仅是附属品,仅仅是语义功能内的装饰品的地位时,才会出现困难。"①

从德·曼的话中我们可以看到他对修辞认识的重视,但是作为一名文学批评的教授,德·曼是如何将修辞与文学联系起来的,又是如何在文学中探索修辞的认识能力的,以及又是如何在文学批评当中表现出来的呢?这一系列问题的答案就是德·曼修辞解构策略的起始点,因此就有必要知道德·曼是如何认识修辞与文学性之间的关系。

第四节　修辞与文学性

罗兰·巴尔特曾经从结构主义的角度对修辞学进行了论述:"……修辞学必定永远在与相邻学科(语法学、逻辑学、诗学、哲学)的结构性互动中被解读:它是系统的游戏,不是其中每一个部分在历史上都是重要

---

① De Man, Paul. *The Resistance to Theory* [M]. Minneapolis:University of Minnesota Press, 1986:19.

的……"① 虽然他的这一论述具有对修辞学动态意义上的掌握,但是似乎还没有脱离其描写性的性质。而德·曼对修辞的认识却已经由原来作为对语法和逻辑补充的描写性修辞,转变为对修辞的认识功能的探讨,从注重阐释文学作品意义的过程转向了思考其产生的方式,极大地拓展了修辞的研究空间。

当现象学、新批评和结构主义在美国文学批评舞台上做长袖之舞时,关于文学的文学性问题、文学史划分的依据问题、文学理论的功能问题等还是将德·曼带到了阅读以及由阅读产生的困惑当中。德·曼后来在对文学理论的研究中,多次提到对文学的研究不应仅仅是研究外在于作品的历史、作者、心理等等,文学性也不像人们认为的那样是"审美反应的另一种说法或者方式"。"文学理论诞生于处理文学文本的方法……诞生于讨论对象不再是意义和价值,而是在意义和价值确定之前的生产和接受方式的时候。"② 研究对于语言的修辞维度的关注,使德·曼在阅读中充分地注意到了尼采等作家对修辞的认识以及文本中修辞的力量。德·曼结合20世纪语言学、符号学和修辞学的发展,得出了文学的文学性其实就是语言的修辞性这一结论,只是德·曼意义上的修辞具有解构的内涵。1983年,德·曼在与斯蒂法诺·罗素(Stefano Rosso)的访谈中回答自己与德里达的区别时,明确提到德里达的起始点是哲学,而他自己则是语文学(philological)③。其实,德·曼在早期的博士论文中就已经论述了叶芝诗歌当中的意象以及象征,已经是对"比喻语言的一种修辞分析法"④,只是当时还不知道这样的术语而已,当时他已经转入"对比喻语言问题的理论质疑中"。对于修辞的极大关注还是来自后期德·曼对于文学教学的反思,尤其是对文学的文学性问题的反思。

---

① 罗兰·巴尔特. 符号学历险[M]. 李幼蒸译. 北京:中国人民大学出版社,2008:48.
② De Man, Paul. *The Resistance to Theory* [M]. Minneapolis:University of Minnesota Press, 1986: 7-8.
③ De Man, Paul. "An Interview with Paul de Man". In *The Resistance to Theory*. Minneapolis:University of Minnesota Press, 1986:115.
④ De Man, Paul. *The Rhetoric of Romanticism* [M]. New York:Columbia University Press. 1984:viii.

作为一名教授文学的教授,德·曼对于语言的关注来自在教授文学史的过程中产生的困惑:一直以来人们都把文学教学划为人文、历史学科,认为其与语文学以及修辞学这种描述性科学虽然相关但却决然不同。这是因为文学具有决定文本意义的任务,这种阐释学的功能使它与"神学"相类似。这与柯勒律治、艾略特、黑格尔等人的美学原则是一致的。作为 18 世纪后半期产生的一门独立学科,"至少从康德开始审美理论就肩负起文学(作为艺术)、认识论以及伦理学的联系。"① 但是德·曼认为美学只是"意义和理解过程的一种现象论","是哲学普遍体系的一部分,而不是一门具体的理论。"② 在美学领域,哲学家们关注的中心是本质和自我的问题,并不是语言的问题。可事实是:文学首先是由语言构成的,文学研究就应该先是一种语言科学的"技术和描述",文学理论质疑的就应该是"美学价值是否能够与构成这些价值来源实体的语言结构共存?"③ 而开始于 19 世纪晚期的文学教学却没有研究这个问题,这是不妥的。文学教学在被当作阐释学和历史学科之前更应该先作为修辞学和诗学来教授。这也是顺理成章的,因为早在 17 世纪末,修辞学就与历史、诗学、文学批评和所谓的纯文学紧密联系起来。到了 18 世纪,诗学与修辞学之间的界限已难区分,文学批评家和修辞学家们都从文学作品中寻找例证。④ 因此,德·曼开始从诗学和修辞学的角度来找寻文学区别于其他学科和功能的自身特性,即文学的文学性;并从哈佛大学文学教授鲁本·鲍尔(Reuben Bower)的教学中受到启发,专注于"**文本意义的产生方式**而不是意义本身",即聚焦于语言研究的语言学和修辞学方法,这使对文本的理解和阐释产生完全不同于审美欣赏的效果,也使他摆脱了美学的束缚而直接进入一种技术学;德·曼更在 20 世纪 80 年代初任耶鲁大学比较文学系主任时,建议把比较文学系改名为"诗学、修辞学及文学史系"。

---

① De Man, Paul. *The Resistance to Theory* [M]. Minneapolis: University of Minnesota Press, 1986: 25.
② Ibid., p. 7.
③ Ibid. p. 25.
④ 胡曙中. 美国新修辞学研究[M]. 上海:上海外语教育出版社,1999:476.

实际上，德·曼在对文本进行阐释和教学的时候，一直没有忘记向文学的文学性问题发出质疑。在经历了新批评对文本有机整体的重视，现象学和存在主义对主体、意识等形而上学概念的思考以及结构主义对文本的过度概括之后，德·曼意识到虽然有诸多的方法可以使用，但是为什么对文本的深入阅读会得出断裂的结论？一直以来人们理所当然地认为语法、逻辑和修辞三学科中前两者是文本确定意义的基本点，毫不令人怀疑，而修辞只是作为一种附加的手段，这种从柏拉图以来就流行的观念给人们的印象是深刻的。但是，有一个问题不能回避：文学信息并不是透明的。虽然阅读者是从语法的角度理解文本，但是却有很多不确定的元素。这些元素是语法无法破译的，这就是修辞造成的效果，因此需要从修辞的角度对文本加以研究，也就是说，阅读要包括修辞的维度。这个维度不是可有可无，而是不可或缺，因为这是解决文学性的关键。尤其是修辞格或者说转义修辞，曾经只被当作是语法研究中语义手段的一部分来看，但实际上它们作为语言的组成部分，其身份却是在语法和修辞两个领域中间界限上，而这些界限是非常有争议的。德·曼认为文学的文学性是"那种把修辞功能突出于语法和逻辑之上的语言运用，是一种决定性的，而又动摇不定的因素。它以各种方式，从诸多方面破坏这种模式的内部平衡，从而破坏其向外的朝向非语言世界的延伸"。①

当然，德·曼的理论思考也正是20世纪"语言学转向"的一部分。在后现代语境下，理论家们无不受到语言转向的影响。索绪尔所展示的能指与所指在语言、心理、意识形态等多个领域找到了与之相匹配的术语和策略。此时，语言不再仅仅被看作一个工具，而是哲学要面对的一个基本问题，因为思维通过语言与外界相联系，所以语言成为哲学反思自身传统的起点，这使传统哲学与20世纪的哲学区别开来。随着对语言研究的纵深发展，语言的符号学研究、修辞学研究以及语义学、语用学研究等都发展起来，而且与传统的研究呈现出不同的样貌。这种转向使20世纪的符号学和语言学的研究进入人文领域的研究，正如曾经的科学

---

① De Man, Paul. *The Resistance to Theory* [M]. Minneapolis: University of Minnesota Press, 1986: 14.

革命和哲学革命对历史和认知领域产生过巨大影响。德·曼质疑结构主义和新批评技巧上没有创新,推论上又没有雄辩力,因此通过梳理以往和当代的符号学家、修辞学家以及语言学家,包括索绪尔、皮尔斯、热奈特、托多罗夫、雅各布森、伯克、奥斯丁等人的论述来提出问题,并且试图用"近来批评方法诸项发展和争论的考察中抽绎出来的""另一套不同的术语"来阐释。德·曼所做的工作是还原符号学的基本原理(与结构主义对符号学的阐释和应用不同)并应用于不同的文学阐释。德·曼接受了符号任意性观点的合理性,但是批评符号学研究的特点还是注重语法结构与修辞学结构的共同运用,根本没有意识到两者之间的差别。巴特、托多洛夫、热奈特、格雷马斯的研究都是如此,即把语法结构的普遍性提高,而把转义(tropes)和修辞手段(figures)划归为语法的亚结构。德·曼质疑这种划分的合理性,即修辞手段是否包含在对"存在于句子单位之内以及以外的语法结构"的描述和分类中,如果是,那么它们是怎样得以分类的。此外,结构主义语言学家雅克布森也聚焦于文学的表达方式,正是他提出了隐喻与转喻的纵聚合与横组合的结构图示。因此,在德·曼有关修辞解构的文本当中都出现了这种纯修辞学的概括,即所有涉及替换就意味着修辞,具体地说,就是一种隐喻,因为隐喻的本质就是替代。

虽然亚里士多德以及后代的诸多修辞学家就修辞研究著书立说,但是,修辞由于其动态性,相对不稳定性,的确是批评家要真正好好探讨的问题,而且不能因为其本身的复杂性而忽略它,这样只能是掩耳盗铃,反倒把认识中非常重要的维度忽略了,进而造成认识的偏差,不能有意识地对自身进行纠正。因此,回归语文学(语言学)是认识文学之文学性,即"那种把修辞功能突出于语法和逻辑功能之上的语言运用"的基础和必要条件。[1]德·曼立场坚定地表态:"我毫不迟疑地将语言的修辞的、比喻的潜在性视为文学本身,尽管这样做也许有点儿与普通的习惯相去甚远。"[2] 在此

---

[1] De Man, Paul. *The Resistance to Theory* [M]. Minneapolis: University of Minnesota Press, 1986: 14.

[2] De Man, Paul. *Allegories of Reading* [M]. New Haven and London: Yale University Press, 1979: 10.

之后,德·曼提出了其他人把文学与修辞手段等同起来,如门罗·比尔兹利(Monroe C. Beardsley,1915-1985)提出文学的特点是"含蓄的意义同明晰的意义之比明显超过标准"。这里德·曼把"含蓄的意义"就理解成他自己的"修辞意义",与指涉性的确定的意义相对。在《阅读的寓言》一书中,无论是关于修辞的研究,还是关于卢梭文本的阅读,都紧紧围绕着修辞问题展开,如"符号学与修辞"(Semiotics and Rhetoric)、"辞格"(Tropes)、"转义修辞学"(Rhetoric of Tropes)、"劝说修辞学"(Rhetoric of Persuasion)以及"隐喻"(Metaphor)、"寓言"(Allegory)等都对文学中的修辞现象进行了深入细致的挖掘和思辨,在其中"隐喻"与"寓言"的概念尤其引人注目,也是理解德·曼修辞解构和阅读策略的关键。在《盲点与洞见》的第二版修订的前言中德·曼已经承认:"随着对修辞术语的特意强调……对我来说好像是一种转变,不仅是在术语上,在语调上,而是在实质上的变化。"①

于是,德·曼开始使用修辞的转义层面来阐释语言的含混性,这里面就涉及词语的比喻性和比喻能力。语言本身就极具复杂性,如词汇本身的内涵和外延,共时性和历史性,以及与其他词汇发生关系时的踪迹和异延,这是一个不断调整的、生成的过程,词语本身造成了意义之间的"偏转",这也恰恰体现了语言增殖的能力,而它的含义就更加含混。德·曼还对劝说修辞中的言语行为进行分析和解构,从修辞角度对语言符号的表意行为进行了整体性拆解和颠覆。

以上几个小节探讨了德·曼解构策略的主要词汇——修辞,以及修辞与文学、与认识、与语法的关系,对这些关系的认识是理解德·曼解构策略的前提条件。可以看出,德·曼从修辞入手进行的解构策略不是随意的拆解,而是有着很深厚的语言学、符号学以及修辞学基础的。因此,我们只有通过阅读德·曼解构思想背后的理论基础才能实现对其解构策略的真正把握,从而彻底解决对其文本理解上的困难。

---

① De Man, Paul. *Blindness and Insight* [M]. London: Routledge, 1989: xii.

第四章

符号与认知
——德·曼修辞解构策略之一

第一节 修辞性阅读

美国解构主义批评家米勒在回顾从结构主义批评到解构主义批评转化的实质时曾说:"文学研究的变化,那实际上就是一个朝着某种'修辞性阅读'的转变;这一'修辞性阅读',最低限度地说,关注语言的修辞性维度,关注修辞格在文学作品中的功能。"[①] 对保罗·德·曼而言,阅读就意味着对修辞的阐释,即阐释是建立在语言的修辞性基础上的,修辞绝不是对语法和逻辑的补充,而是通过其自身的修辞性使语法不能指向稳定的、确定的意义。因此,对文本的修辞阅读会产生对文本的解构,使文本成为不可阅读的文本,换言之,文本永远无法达到对确定意义的追逐。

简单地说,德·曼对于语言和修辞的观点就是所有的语言都具有修

---

① 约瑟夫·希利斯·米勒、金惠敏. 永远的修辞性阅读——关于解构主义与文化研究的访谈——对话[J]. 外国文学评论,2001(1):136—142.

辞性,或者说文学语言的本质特征就是它的修辞性。德·曼认为,修辞并不是适合文学分析的客体,对它的理解应该着眼于更广泛的意义上,而不应该仅仅局限在传统文学分析中的修辞格意义上。是语言的修辞维度"暗示了误读的持续威胁。"[1] 从这可以引申出:由于语言所具有的修辞维度(没有任何阅读可以逃离这一修辞维度)破坏了批评者总是想要给文本找到确定意义的愿望,所阅读文本的"真理价值"永远无法证明。这也就是说,修辞根据其定义来讲根本不指向单一的或确定的意义,那么对于修辞的解释也不能导致有基本中心的确定性阅读。如此一来,阅读或者理解本身就应该是开放的、流动的,具有暂时性特征的。修辞使文本的意义无法受到限制,并以此阻止了对文本的终止性阅读。任何阅读都向更多的阐释敞开着,无论阅读在何时何地停止,它都注定是不充分的。在《阅读的寓言》中,德·曼写到"不能轻视阅读的不可能性。"[2] 他在这里想要强调的是:阅读意味着对比喻性语言,或者说对修辞的阐释。既然修辞性是所有语言的特点,它就应该在我们的生活中处处显现,不仅存在于文学作品中,而且存在于电影、艺术、哲学、历史、广告甚至日常对话中,它构成了我们思考的方式,并在此基础上影响并且决定着我们思考的方式。作为语言的参与者,我们永远都在理解和阐释这个世界。在此意义上,阅读也是对我们周围世界的解读。这使阅读或者说阐释活动本身的分析变得更加必要,因为阐释行为本身不是自为的过程,而是人类的意识行为,它带有目的性,带有对外部世界以及内部世界的认识。修辞性的阅读在这里成为了一种对阐释者的认知能力和认知行为一项极为严肃的挑战。对德·曼而言,阅读的无止境表现出人类生存的语言学困境。

德·曼在最具代表性的两本书《盲点与洞见》和《阅读的寓言》前言中,简单地勾勒了自己文集的思路和出发点。在 1970 年出版的《盲点与洞见》中,他写道:"我对批评的兴趣不及我对原始文本的兴趣……我所做的这些暂时性的归纳总结也并非定位于批评理论,而是指向文学语言

---

[1] De Man, Paul. *Blindness and Insight* [M]. London: Routledge, 1989: 285.
[2] De Man, Paul. *Allegories of Reading* [M]. New Haven and London: Yale University Press, 1979: 245.

本身。关于文学的说明性文字与诗歌或者小说的'纯'文学语言之间通常意义上的区别被刻意模糊了。"① 从这段文字可以看出：德·曼将所有的文字仅仅当作文字本身来看,取消了文学与文学批评之间的语言界限,甚至也并没有把批评和元批评区分开来。之所以选择这样做,是因为他充分注意到了"语言"这一物质基础,并且没有被各种理论的总结所迷惑,他把批评推回到最原始的文字符号上面重新进行演绎和破解,这才使修辞的力量得以被挖掘出来。我们看到德·曼的文章都是来自阅读,有文学文本的阅读,有批评文本的阅读,但无论哪种阅读,其初衷都是对文字符号的阅读,没有既成的方法和主义,却形成了一个统一的主题:阅读的寓言——阅读的不可读性。不得不承认,在这些阅读中,关于批评文本的阅读,被称为元批评式的阅读还是很多的。德·曼当然知道元批评式的阅读要比对诗歌或小说的阅读复杂得多,但是正因为批评家们比普通读者更有自我意识,更具有专业素养,阅读所呈现出的复杂性在他们的文本中才显示得更加清楚明了,更利于分析和阐释,也对文学语言的理论化有更多助益。《盲点与洞见》中,德·曼通过对几位当代批评家的细读暴露了他们关于文学本质的说法与阐释结果之间的矛盾。在德·曼看来,这样的矛盾模式并非来自个人或者集体性误读的结果,重要的是其本身就构成了文学语言的总体特征。这样,我们就不会理所当然地认为文本都可以归结为一个或一系列确定的意义,而是"将阅读行为视为真理与谬误之间纠缠不清的一个无止境的过程"。② 德·曼认为,文本已然失去了确定的含义,文学史也就不再能够被简单地划分、理解和应用。这一观点在《阅读的寓言》中得到了更为细致的阐述。在此文集中,德·曼坦诚了自己的初衷是要对浪漫主义进行历史性思考,但是阅读的结果是文学史的规范原则被阅读的修辞学所超越。这些文本展示了一个阅读的过程,在此过程中,德·曼发现了修辞手法的转换,是"……辞格和说服力,或者说与之并不完全等同的认知语言和行为语言

---

① De Man, Paul. *Blindness and Insight* [M]. London：Routledge, 1989：viii.
② Ibid., p. ix.

的带有分裂性地夹杂在一起"。① 德·曼在此文集的前言中十分强调这种策略的技术性,反对人们强加在这种思维方式和策略上的意识形态动机。而从德里达那里借来的解构这个术语,也从很大的层面上与德·曼不想彻底毁灭文本却又确实不能建立文本的事实相吻合。

德·曼在《盲点与洞见》再版的前言中提到《时间性修辞》一文,是在20世纪70年代初创作的,因此有别于收集在里面大约创作于50年代和60年代的论文。该文刻意强调了修辞学术语,只是这些术语仍然与当时流行的意识和时间性的主题语汇相关联,但是之后收集在《阅读的寓言》中的论文,就更多地使用了语言学、符号学与修辞学意义上的术语,更加注重这些术语跨学科的理解以及使用了。因此,本文将探讨的重心放在70年代以后德·曼的修辞解构策略上,而前期的论文将会以背景或语境的方式出现在相关的章节中。在"时间性修辞"中所阐释和分析的讽喻、象征以及反讽绝不是传统意义上的规范性和描写性的修辞,而是与当代新修辞学相关联的修辞格意向性的问题。这个问题在德·曼的时代绝不仅仅是修辞学家自身的任务,而是受到了语言学家、哲学家、符号学家以及文学批评家的广泛关注,如文学批评界就有本雅明《德国悲剧的起源》对寓言的探讨,弗莱在《批评的剖析》中对象征和反讽的考量等等,遑论解构学者们如米勒、哈特曼等人的关注和阐释。他们对修辞手法的解读与以往不同,借助于语言学与符号学的发展,他们将重心集中在更能反映与文学史之一部分的创作息息相关的几种trope(辞格或修辞手法)上,如象征、反讽、寓言、隐喻、借代等。

德·曼的修辞解构策略是一个对传统辞格再认识的工程,他通过对作为描写的修辞及作为劝说的修辞的阐释,从修辞学的最新发展中获取对辞格以及修辞手段的认知,并以此解构了欧美文学史上诸多著名的哲学以及文学文本。这里有必要首先澄清关于修辞的几种说法:英语中表示修辞的词汇有:rhetoric(修辞或者修辞学)、trope(比喻、辞格或转义)和figures of speech(修辞格或修辞手段)。德·曼的修辞认识主要集中

---

① De Man, Paul. *Allegories of Reading* [M]. New Haven and London: Yale University Press, 1979: ix.

于对转义修辞的研究,尤其是对几个主要的辞格,如隐喻、转喻、象征、寓言以及反讽的探讨,涉及更多的是从这几个辞格所生发的认识,以及由此而来的对语言、文本、知识的认识。此外,也有对(rhetoric of persuasion)劝说修辞的讨论。德·曼认为"所有文本的范式都包括一个比喻(或比喻系统)以及对该比喻的解构"。① 以此为出发点,德·曼对语言符号及文本阅读提出的深刻见解可以归纳为"从修辞维度对文本进行解构的策略"。德·曼所提出的"修辞"的名称,准确地说,是以作为辞格体系(system of tropes)的修辞与作为劝说修辞(rhetoric of persuasion)之间的间隙而存在的。"修辞是辞格与劝说之间的破坏性的相互干预或者说是认知语言与行为语言之间的破坏性的相互干预,尽管它们并不完全是一回事"。② 而德·曼的研究者鲁道夫·加谢(Rodolphe Gasché)将修辞阅读描写成"一种方法的名称——旨在拆解指称主义与形式主义,现实主义以及以文学形式的自我反射为中心的批评,主题批评与审美批评之间的严格对立"。③ 修辞阅读以探讨语法以及传统修辞的结构为出发点,通过研究修辞在文本中的运作方式,推翻使文本意义达到单一性或整体性的效果,由此完成其文学解构的任务。因此,德·曼为其系列论文题名为"阅读的寓言",其用意在于通过修辞阅读,文本可以理解为解构自身的寓言式叙述。

本章选用德·曼阐释的两个最重要的修辞格作为标题,以便比较方便地进行阐释,但是这两个修辞格的选择以及排列顺序却不是随意的,也不是由它们的重要性来排的,而是由他们之间存在的联系和连贯性所决定的,且每一种修辞格都绝对脱离了原来描述性的传统,而以解构的方式呈现出来,只有这样,才能将贯穿德·曼的解构思想作以标记,或者说大致画出一个解构之图,虽然它不规则、不完整,而且由于解构思想强调阅读的寓言化使其呈现开放和被解构的态势,所以只能呈现出一个基

---

① De Man, Paul. *Allegories of Reading* [M]. New Haven and London: Yale University Press, 1979: 205.
② Ibid., p. ix.
③ Gasche, Rodolph. *The Wild Card of Reading: On Paul de Man* [M]. Cambridge, Massachusetts, and London, England: Harvard University press, 1998: 29.

本的解构脉络,但是希望这一基本脉络可以将复杂的理论梳理得有条理一些。这里,米勒的一句话也许更能代表论文的本意:德·曼的著作"存在着明显的连贯性和侧重点,当然这种发展很可能是一种错觉,因为读者有这样一个根深蒂固的习惯,即从杂乱无章的序列中整理出具有连贯性的故事"。① 不过,从时间的发展看,德·曼的思想确实随着对阅读的深入和对符号、语言以及修辞的关注愈加成熟。象征与隐喻作为两个文学创作中最常见的修辞格,一直在文学创作和分析中找有重要的地位和意义。德·曼从符号和认知的角度对这两个重要辞格进行了分析和解构,认为作为浪漫主义最重要特点的文学术语,其思想内核是传统思维中的建构统一性的符号化过程,隐喻也不仅仅是修辞格,而是从本体论上的,语言本身就是隐喻性的,人类对外在于其自身世界认识就是隐喻性的。

第二节 象征——建构统一性的符号化过程

象征是美学和文学理论研究中的一个重要问题,也是语言学、语义学、符号学、阐释学、美学、诗学、语言哲学、心理学等诸多学科思考和讨论的对象。黑格尔、本雅明、托多罗夫、热奈特、德里达等人都对其进行过详尽的探讨,其重要性可见一斑。然而在保罗·德·曼的修辞解构策略中,象征不仅仅是象征主义所强调的文学创作概念,还是作为与"寓言(又译为讽喻、譬喻)"研究相对的浪漫主义之关键语汇而出现的。这是因为在欧洲文学史甚至是哲学史上,尤其是在18世纪后半叶的时期,修辞学的关键术语都起到了很大的变化,此时象征这一辞格的重要性超越了其他辞格,特别是超越了寓言的重要性而被提到了至高无上的地位。德·曼抓住了象征和寓言这一对修辞术语的对立,并对此进行了德·曼式的解构。德·曼认为象征与寓言虽然都是隐喻的方式,但是象征这一

---

① De Man, Paul. *Allegories of Reading* [M]. New Haven and London: Yale University Press, 1979: ix.

浪漫主义诗学特征,并非如浪漫主义作家所认为的是一种契合和共鸣,是精神与自然和谐一致、主客体统一的表现;恰恰相反,它只是同一性思维在认知上的体现和符号化过程。象征的生产过程体现出了主体与语言的关系以及主体与自身的关系,说明了同一性思维中的断裂和矛盾,主客体之间的鸿沟只是由意识、语言和想象力作为桥梁而连接起来的,而寓言正是由于其分裂性而反映了一种理性思维和辩证思维方式。因此,理解德·曼的寓言必须先要理解作为其语境的象征。

象征来自希腊语,原意是分为两半的信物,用以辨别持有者的身份。因为分成一半的信物只能与原来的另一半相合,所以象征被视为有理据的符号,象征也就由直接意义和"与其相应"的象征意义合二为一,即通过某一特定的具体形象以表现与之相似或相近的概念,思想和感情,象征这一修辞格的结构体现在它陈述了两个通常意义上不同的经验实体的一致性。象征与寓言不同,其实体意象(能指)层面首先本身就具价值,先为自己存在,并且通过实体的特殊来表现某种普遍规律,这个过程产生一种效果,再通过效果最终产生意义。象征由于具有直觉地把握事物的性质,反映主客体的统一而被浪漫主义作家如歌德、柯勒律治等认为具有艺术特性,从而受到他们的推崇。但是,象征真的可以担负联系所谓主体和客体这么重要的任务吗?人与世界可以在象征中实现真正的统一吗?德·曼对此不以为然。

1. 象征——主体与语言的关系

德·曼对象征的关注最早出现在解构思想形成之前,即浪漫主义研究时期,这一阶段的研究以他的博士论文为代表,60年代后期他才开始转向解构理论。但是,仔细阅读德·曼的文本就会看出有一个问题是贯穿德·曼前期浪漫主义研究和后期解构主义研究的关键,这就是他所提出来的关于符号和意义关系的问题,而象征的问题就包含在其中。

德·曼曾在《叶芝诗歌中的意象与象征》这篇文章中探讨过叶芝诗歌里的象征,其中有一个特别的例子是德·曼在解构时期的《时间性修辞》一文中也提及到的,那就是"我们怎样才能区分舞者和舞蹈?"这句话被公认为最成功的象征,因为它成功地把一个概念(舞)与一个具体形象(舞者)结合在了一起。在此,德·曼发问:"符号和意义(舞者与舞)既然如此紧密地结合在一起,我们又如何、又有什么办法做出区分,使我们不能陷入将符号与意义等同起来的错误呢?"①

象征与意象的矛盾所引发的张力,不但把德·曼引向其中所隐含的符号与意义的关系问题,更引导德·曼走向了修辞认知的研究。德·曼在《浪漫主义的修辞》文集前言中,特意提及"叶芝诗歌中的意象以及象征"已经是对"比喻语言的一种修辞分析法",他已经从那时开始转入"对比喻语言问题的理论质疑中"。② 德·曼把寓言和象征当作"两种隐喻方式"(metaphorical modes),因为两者都是以替代为核心。象征被认为是一种提喻,"因为象征总是它所代表的总体的一部分。"③ 但是象征中部分与整体的关系存在着生产的过程以及被接受的过程,瞬间性的领悟并不能代表它是主客体高度统一的产物,"半透明性"(柯勒律治)性质的实质是它抛却了客体的物质实在性,成为主体自身思维的映照,是主体的一种语言行为。正如意大利符号学家、文学评论家埃科曾从符号学的角度来解释象征:"象征说出的是根据象征方式应起作用的符号化手段";"象征方式总是以应用到认知点的意向过程为前提"。④ 德·曼承接了热奈特、伯克等理论家对辞格意向性的思考,使辞格研究提升到了符号学层面。他从还原象征的发生过程入手,揭示了从浪漫主义时期就开始统治文学领域的神秘象征,是意识和语言共同作用的结果,这一研究深刻地体现了德·曼的解构思想。

虽然德·曼以叶芝为例来说明象征的问题还不是完全的、明确意义上的解构,但是已经有了解构的萌芽和雏形,正是对具体作家的阅读、质

---

① De Man, Paul. *Allegories of Reading* [M]. New Haven and London:Yale University Press. 1979:11.
② De Man, Paul. *The Rhetoric of Romanticism* [M]. New York:Columbia University Press. 1984:viii.
③ De Man, Paul. *Blindness and Insight* [M]. London:Routledge, 1989. p. 204.
④ 翁贝尔托·埃科. 符号学与语言哲学[M]. 王天清译. 天津:百花文艺出版社, 2005:302,306.

疑和对关键概念的梳理才使德·曼最终形成了修辞阅读的总策略。在对叶芝诗歌的细读中，德·曼放大了象征辞格在表意过程中的断裂性，认为此处的象征没有体现意识与自然存在的统一，而只是体现了主体与语言的关系，并具有一定的典型性。叶芝是著名的爱尔兰诗人，早年的诗作大多从爱尔兰神话和民间传说中取材，其语言风格受到以布莱克、雪莱为代表的浪漫主义以及拉斐尔前派散文的影响，因此极具浪漫主义风格，善于营造梦幻般的氛围。叶芝后期的诗歌创作开始转向复杂的象征主义、神秘主义和宗教情结。因此，叶芝无论是作为浪漫主义或是象征主义的代表，都具有典型性。德·曼发现叶芝诗歌中有大量的自然描写，其中也蕴含着大量的象征，但其诗作的魅力并不仅仅来自这些象征，而是来自意象与象征出现歧义之时。经过细致分析，尤其是从叶芝对其使用的意象以及象征的不断修正之中，德·曼得出了叶芝通过语言把个人意志加入自然意象的结论，从而突出了"象征"生产中语言的建构性。

　　意象是叶芝早期诗歌中最突出的文体单位，德·曼认为叶芝通过赋予意象以人的特征（并非纯拟人，因为拟人只是一种模仿手段），使自然意象获得了象征语言的力量。譬如，叶芝在叙事诗《乌辛的浪迹》（The Wanderings of Oisin）中反复提到贝壳的意象，当乌辛和尼娅姆开始旅程，即将登上第一座岛屿时，看到那里有许多如小号一样的贝壳在无限的寂静中沉睡，梦着自己身上各种色彩（"trumpet-twisted shell""dreaming of her own melting hues"）。在这里，贝壳是一个自然意象，首先是作为在形状和颜色这些物质特性上被感知的客体，通常情况下，实体先被感知，然后会进入人的意识被综合和思考，然而在叶芝笔下却出现了投射到贝壳这个客体之上的意识行为——做梦（dreaming），它赋予了贝壳以想象力和意愿——意识的主要能力。这样的意象带着象征语言的力量，轻易地弥合了主体与客体的鸿沟。它反映了心智与物质统一的观念，也就是说，单一意象的具体完整性可以拓展到宇宙的统一性。但是，德·曼把这个意象获得象征的力量剥离开来，认为"做梦"的行为以及梦境的内容使贝壳具有了反省意识，可是贝壳的这一意识活动不是贝壳所固有的，是诗人自己的意识活动加在贝壳之上的，诗人写下的贝壳的行为实际上反映的是诗人的反省意识，也就是说，当象征开始的时候，贝壳自身的

"物质性"却在由意象变成象征的过程中消失了。自然意象在反思的介入下离开了自然,这就造成了"断裂和矛盾"——象征中自然物质的本体至上性被主体的意识抽空剥离掉了,从而失去了象征通过"有限"来表达"无限"的基础。通过这个例子就可以看出象征语言的"建构力量"是如何偷梁换柱的了。当然,如果按照德·曼后期的思想,自然对神的反映也只是人一厢情愿的理解,其中意义的表达是人用语言建构出来的,也就是说,对于自然意象的理解与神无关,而是与人密切相关。这种合理性是谁赋予的?正是语言暗中替换表达的。无论是神的启示还是人的表达,都是通过语言建构出来的,表现为语言的力量。

叶芝诗歌集第一卷到第二卷中"意象结构"出现的变化更加说明了这个问题。这一结构不同于贝壳的自省结构,而是取决于主要意象之间的关系模式这样一个新的元素:意象取自文学传统,并不来自与自然的类比,而是来自独立意志的决定。于是,就出现了 emblem 这种来自神的象征而不是自然的象征(symbol)。Symbol 这种来自自然的象征强调把抽象寓于具体的一个意象,表达一种理念;而 emblem 是指通过联想或者传统使一物替代或代表另一物,表现得更为具体。因此,emblem 比 symbol 离自然意象有了一段距离,而正是这段距离使叶芝诗歌远离了浪漫主义以泛神类比对世界进行的理解——每样物质、每个意象都包含有神的启示——而是不自觉地回到了概念本身,即语言所构建的概念本身,因而成为了诗人个人独立意志的表现。"象征"不再是通过类比展现的神的启示,而成为了人为的符号。譬如,叶芝在《白鸟》(The White Birds)一诗中写道:

> 露湿的百合,玫瑰梦里逸出一丝困倦
> 呵,亲爱的,可别梦那流星的闪耀,
> 也别梦那蓝星的幽光在滴露中低徊:
> 但愿我们化作浪尖上的白鸟:我和你!①

---

① De Man, Paul. *The Rhetoric of Romanticism* [M]. New York: Columbia University Press. 1984: 163.

在这里,"百合"再一次像贝壳一样是"梦"着的,但这不是主要的意义,这里的象征来自诗人对事物之间关系的把握:流星和星体的关系与玫瑰和百合的关系相对应,火一般的激情与纯净的情感相对应,而浪尖上的白鸟似乎能够超越流星、玫瑰火一般的激情以及它们象征的肉体之爱,从而成为诗人所要表达的主题意象。诗人没有对事物特征、形态以及其他性质做相关的描述,百合、玫瑰、流星与星体都已经远离其所可感知的物质实在性,所以也并没有来自自然之物所引发的联想,这种关系是通过意象的结构反映出来的。当浪漫主义、象征主义把自然由上帝神性所创造并且存在于上帝的神性中当作自己的认知时,叶芝反其道而行之,他试图把语言写进自然的存在,在意象中植入意义。换言之,诗人不再期望从自然世界得到启示,不在上帝所创造的事物中寻找存在,而是在所谓上帝智慧的容器——语言中去寻找。于是,本应超越主客体对立而达到统一的象征变成了在语言里找到统一的"寓言",因为在意象成为象征而被使用的过程中,存在着人的意志行为,成为了语言和意识的结果。这种象征,按照德·曼的说法,是一种"伪象征",是"掩盖自然意象失败的死寓言"。所以,叶芝的意象产生了一种朦胧的效果:它以其自然性来吸引读者,却又让读者感觉这一自然意象就是象征(emblem)。

1903-1916年是叶芝创作的成熟期,此时叶芝的创作经历了又一次转变,回归到自身经历的独特感受,回归到自然意象。但是作者在自然意象与象征两者之间摇摆,却无法使两者达到辩证的统一。例如,Among School Children 似乎是与浪漫主义诗歌的总体形式相符。如果把最后一个诗行"你怎样区分舞者与舞蹈?"当作象征来阅读,人们可能自然会想到一个反问句所呈现的统一的意义,即我们无法区分整体与部分,动作与动作的发出者,或者说形式与创造者。但是当两者之间的不同需要真正的回答时,人们却无法做出选择,诗歌表面上的统一到底是应该在意象上来解读还是从象征上来解读?自然的意象(舞者)强调了身体这一物质世界的感官性,诗歌本身似乎是强调了记忆、身体以及有形事物的自然力量,但是象征的解读又使人感觉有一种整体性和统一性。不过,象征性解读还是会给人留下感官和自然力量的残骸。所以,意象与象征的表达是相悖的,两者之间并没有达成统一。

叶芝的爱情诗充满情欲,在意象与象征的冲突上表现得更为明显。首先,他并没有把身体当作自然物质和自然意象来对待;而作为象征性诗人,他又没有把身体当作神性的超自然形式。冲突的结果是象征成为一个纯粹的符号,把欲望转换成真实景物的是诗歌的语言。因此,对于叶芝来说,从最初承认自然物质(意象)的本体优先性因而进行有限与无限的类比,到把自己的独立意志加入自然意象中,使自然物质经由意识的通道为语言所俘获,意象成为脱离自然物质的"语言的建构",象征由有限变为无限,成为主体语言的建构,成为人之意志的"寓言"。象征被精神化了,它曾具有的物质性存在已经变得完全不重要了。象征成为了"超物质",成为了承载浪漫主义创作主体思想的超物质。在"浪漫主义意象的意向性结构"中,德·曼写道:"那些谈论物质和意识之间'巧妙关系'的批评家们没有意识到这种关系必须在语言范围内建立起来,这一事实表明它在现实中并不存在。"①

当然,谈到象征绝不能忽略浪漫主义之后的象征主义,而且叶芝本身就是象征主义的代表。德·曼的视野也不仅仅囿于个体的诗人,而是在具体深入地阅读诗人创作时兼顾到同一时期的其他代表性作家,并且能够通过历时发展的文学脉络对他们的作品做以观照。德·曼在《象征主义的两面论》中概括了叶芝的诗歌与波德莱尔以及马拉美诗歌中象征的主要特征。在这篇文章中,德·曼一如既往地对浪漫主义、古典主义,尤其是19世纪末的象征主义等构成文学史的术语提出质疑,认为根据主题、形式或者历史等因素而被划分在一个主义之下的作家其特征大不相同,所以这种划分并不稳定。如果说象征主义指的是诗歌语言的隐喻性使用,那么无诗不象征。但是,存在于象征主义诗歌中的象征通常被描述成一个广义的概念:使用语言手段重新挖掘存在于想象力以及精神领域里的万物之统一性。在神秘主义以及新柏拉图思想影响下的诗人们认为宇宙是完整而有秩序的,是一个统一的整体,对于文学家来讲,达到此统一整体的方式就是象征的方式。然而,诗人是耶稣的隐喻吗?耶

---

① De Man, Paul. *The Rhetoric of Romanticism* [M]. New York: Columbia University Press. 1984: 8.

稣一方面是神的儿子,一方面又是人子;他可以经历人世的沧桑,却昭示神性的伟大。他知道自己的任务在于牺牲肉身来达成神与人之间的契约,他表征着神与人的联结和统一。但是,诗人没有这个特权,假设主体与客体之间确实存在着统一,那么诗人也不是两者之间无障碍的沟通者,他只能以翻译或者解码者的身份存在,语言是其工具,但是此工具不是透明无障碍的,而是通过意识来起作用的。意识是不是就是桥梁,使我们毫无遮蔽地从主观走向客观,或者从客观走向主观呢?答案当然是否定的。意识的反射性昭示了主体与自身的关系,而不是主体与客体的关系,这一点将在下一小节中进行讨论。因此,德·曼在分析马拉美的诗歌时说:"马拉美的象征并没有使原来被分开的两个实体身份得以确认,而是主体与自然调停的结果。两者都保持着各自的身份,但是第三个实体,也就是语言,包容了两者潜在的对立性。"①

德·曼通过对诗歌的分析找出了潜藏在象征背后的生产过程,这意味着所谓"意象"与"理念"的统一是通过语言的符号化实现的,这一生产过程的还原使我们清楚地看到了语言的建构力量。

2. 象征——主体与自身的关系

在象征的发展史上具有决定意义的阶段是浪漫主义阶段,在这一时期,象征逐渐超越了规范性和描写性的范畴,成为与启蒙主义时期受到推崇的寓言相对应的一个概念,也成为浪漫主义美学的核心概念。可以说,象征的内涵是在反对启蒙时期以寓言为代表的理念基础上发展和丰富起来的。寓言抽象,强调理性。它缺少类比和神秘,显得太过平凡,因而被浪漫主义作家认为不具有诗意,而象征不然,它是"以有限的方式表达无限"(谢林)②,体现了与自然和上帝的融合,所以作为一切艺术基础的最广泛意义上的诗就是不断用象征来表示(施莱格尔),它体现出感知

---

① De Man, Paul. *The Double Aspect of Symbolism* [J], Yale French Studies, No.74. Phantom Proxies: Symbolism and the Rhetoric of History (1988), pp.12-13.
② 茨维坦·托多罗夫. 象征理论[M]. 王国卿译. 北京:商务印书馆,2004:253.

力、想象力、与神的思想相融合的天才体验和领悟。

"以有限的方式表达无限"里面包含了几个要素：其一是类比，即主客体的统一；其二是主体的想象力作为桥梁能够成就主客体的统一，因为象征符号使得意象和感觉紧密结合，具有无限的暗示力和潜在含义。当诗性语言通过总体感觉实现对具体意象的把握，并把经验转换成具有普遍性的真理时，浪漫主义所强调的主客体之间的关系似乎达到了一种理想的统一状态。因此，意象符号作为世界有机形式的一部分暗示的是有机世界的整体。无论是在德国、法国，还是英国浪漫主义的作品，都强调这种心灵与自然之间的类比关系，主客观之间的张力通过创作者的想象力达成统一。象征似乎能够通过主体经验传达一种普遍真理又保有经验的主体性。于是，象征就由于其具有一种同一性、统一性、想象力、直觉领悟而成为浪漫主义的特征，成为主体化倾向不断增强的表达需要。

浪漫主义象征一直执著于物质和感觉，尤其是自然物质的本体优先性，原初的创作似乎都植根于意象本身的领域，然而这种泛神般的类比在德·曼看来并不是电光火石般的顿悟，而是源于主体意识的存在和参与。在《浪漫主义意象的意向性结构》中，德·曼对诗歌选词以及用来表达象征的意象分析说明了这个问题。在浪漫主义的创作中，想象力占据了主导地位，诗歌选词上面也相应地产生了深刻的变化——更加具体，即充满了大量的自然物体。与此相应，语言的结构变得越来越隐喻化。意象与自然实体相重叠，想象力主题与自然主题紧密相关造成了诗歌的潜在张力结构。在德·曼看来，浪漫主义的词语总是自由随意地出现在作者心智中，这种诗学语言的创造总是建构性的，它能够无视存在而进行假定，却又不能给出假定的根据，给出的只是"意识的意向"，这种意识的意向被华兹华斯称为想象力。然而，这种想象力与生产自然意象的能力毫无共同之处。相反，其特点是意识可能完全独立于外部世界，完全以自身的形式存在，它只是感觉消失时思维达到自我圆满的一个点，这可以从浪漫主义诗人总是在"回忆"时创作他们的作品就可以理解。本雅明在论述早期浪漫派的自然认识理论时也曾写道："……在人的头脑中表现为他对事物的认识的一切，都是思维的自我认识在这一事物中的反映。事物的单纯的被认识是不存在的……"①

对想象力的重视确实是柯勒律治有机主义美学的重要部分,而有机主义美学本身就体现了一种形而上的思想。于是,我们看到柯勒律治过度强调主体的感知、想象的因素以及对统一性的反映但却忽略了实体的物质性方面,而这些特点其实正是寓言的运作机制。浪漫主义使用诸如"契合"与"共鸣"这样的语汇来取代17世纪玄学派诗人的联想式类比。不难看出,"契合"与"共鸣"都有双方共有、共同的意思,其内涵强调了一种平等式的主体间的关系,而主客体之间的相似,似乎客体此时就不再只是具有物质性,而是具有了与主体相通的能力。此时,客体也必须是一种主体,主体是与作为客体的自我相契合和共鸣。这种能力从何而来?它仍然来自主体对客体的反映,从而最终暗示了主体对客体的优先地位。这样,如文艺复兴至17世纪玄学派来自存在之链(自然阶梯)的联想式类比,就由浪漫主义的一元性操作所取代了。值得注意的是,这种优先地位是自我设定的。譬如,在把人与自然作为有机运动来进行类比或共鸣的时候,"永恒"这一概念便很难迁就生命无常的"自我",因为主体无法不受时间的影响。当自我无法达到大自然那种相对永恒的状态时,大自然就会降低到人的层面上来,这就形成了类比中的矛盾。

德·曼在专门研究象征主义时,认为象征主义诗人对自身的存在与诸如自然世界、他人、社会或者是上帝等非自身存在之间的最基本的分裂有着深刻的认识,他们就生存在这种分裂的孤独中。诗人试图用意识去弥补抗衡这一分裂,于是语言就成为诗人的意识、意图恢复统一性的总代理,而象征就是重新进入这一世界的唯一密码,它通过想象力行为接近这个神秘的同一性世界。叶芝本人在《诗歌中的象征主义》曾表达了与波德莱尔相似的思想:

"所有的声音、色彩、形式,或是由于它们本身具有的能量,或是因为足够的联想,在我们身上激发出难以名状而又精确的种种感情,或者,我更愿意相信,激发出某种未物化的力量,我们把这些作用在我们心上的

---

① 本雅明.经验与贫乏[M].王炳钧译.天津:百花文艺出版社,1999:73.

力量称为情感;而当声音、色彩以及形式呈现出一种音乐一样的关系,即彼此间是一种美妙的关系的时候,他们似乎就成为了一个声音、一样色彩、一种形式,从而激发出一种情感,虽然来自种种不同触动,但实质上是一种情感。"①

由此可见,外在于诗人的物质(能量)通过对诗人意识的施压而产生的联想和想象使诗人产生某种特殊的情感,这可以通过叶芝使用的隐喻"一种美妙的音乐关系"表现出来,它是和谐的,是外界种种经过压缩和调停而产生的,是在诗人心中综合而成的和谐美妙的关系。这关系与其说是形成了情感,毋宁说这就是象征的产生过程。但这还仅仅是过程中的一个步骤而已。还有一个需要注意的事实是这段话只强调了外在对内在的影响,却没有提及意识的吸收过程,仿佛这个内化的过程是自然而然发生的,对连接外在和内在关系的枢纽只是蜻蜓点水般地用"作用在我们心上"就结束了。实际上,意识无法通过客体的它性进行思考,所以诗歌并不能完成与客体的认同,而只能是对客体进行反应。意识企图靠近并且穿透客体,但是它被客体反射回由对外在世界的了解而丰富了的心智。心智通过这种思考客体的过程逐渐了解了自身。

德·曼在此的解构是合理的,"契合"与"共鸣"并非是主客之间关系的描述和解说,他们更暗示主体间(intersubjective)的关系。因此,主体与客体的关系不是理想主义的相辅相成的有机统一关系,而是主体对客观世界的认知以及对自己深层意识中思想的解读和探险。主体与客体,自我和非自我所达成的一致不过是一种幻觉而已。当然,我们也可以将这种过程理解成为主体在象征创作的过程中将自己变成了无所不在的客体。德·曼曾在分析黑格尔《美学》中的符号与象征时对其美学概念进行过剖析,认为黑格尔的著名论断——美是"理念的感性显现(或表现)"旨在说明美是象征性的,因为象征可以看作是心灵与物质世界之间的调停。这使得美学仿佛成为了象征形式理论。世界的无限特殊性被思维纳入普遍性的秩序原理之下;而实施这个过程的是语言,语言成为把思维主体变成了包容一切的客体。

---

① Yeats, William Butler. "The Symbolism of Poetry". From *Ideas of Good and Evil* [M]. London: Bullen, 1903: 243.

歌德在表述寓言与象征生产过程的不同之处时,也曾揭示象征把理念转换成意象的过程是复杂的:寓意把现象转换成概念,把概念转换成意象,并使概念仍然包含在意象之中,而我们可以在意象中完全掌握、拥有和表达它。象征体系则把现象变成理念,再把理念变成意象,以至理念在意象中总是十分活跃并难以企及,尽管用所有的语言来表达,它仍然是无法言传的。① 这段话中值得注意的是象征把现象变成理念,再把理念变成意象的过程。这个所谓"变成"的过程正是主体的参与过程,是主动的认知和形象化过程。

洪堡对于象征产生过程的一段分析更加深入:

> ……(在)真正的象征(里)……他们从简单的自然物体出发……毋需剥夺他们的丝毫个性和特点就可达到事先布置的,甚至就其本身来说永远也无法把握的概念……因为象征的特点是表象和被表现物不断地进行互相交换,刺激并强制思想更久地停留在上面以更深入地进行理解……②

洪堡在此要表达的既是象征的生产过程,也可以是对象征的认知过程。表象和被表现物不断交换的反复过程强制了思想对其进行深入理解,而且强调了客体作为客观实在对主体的作用以及主体认知过程中的持续性,否则象征中的意象就真正缺少了自己独特的意义和内涵。与此同时,这个过程也是接受者(读者)的心理认知过程,它包含了读者作为主体对象征(包含这意象和意义)的认知,就如同作者即便是电光石火般的创作中也蕴含了自己对外在和内在世界的认知,否则象征就不是symbol,而成为了叶芝诗歌中的emblem。

反观黑格尔在《美学》中对象征进行的论述:

> "作为象征来用的符号是另一种,例如狮子象征刚强,狐狸象征狡猾,圆形象征永恒,三角形象征神的三位一体……在这

---

① 茨维坦·托多罗夫.象征理论[M].王国卿译.北京:商务印书馆,2004:261.
② 同上。第273页。

些符号例子里,现成的感性事物本身就已具有它们所要表达出来的那种意义。在这个意义上象征就不只是一种本身无足轻重的符号,而是一种在外表形状上就已可暗示要表达的那种思想内容的符号。同时,象征所要使人意识到的却不应是它本身那样一个具体的个别事物,而是它所暗示的普遍性的意义。"①

我们似乎又回到了象征以具体事物来暗示普遍性意义的原点,因为它自身就是意象与意义的完美结合,这是浪漫主义式的。然而,黑格尔紧接着就论述了形象和意义之间部分的不协调和模棱两可,这是因为象征的形象总是有着与普遍意义不相关的其他特质。狮子除了刚强还有许多其他的特征,如威严、勇猛;三角形所象征的三位一体,是因为圣经中三位一体的经典意象所代表的圆满在三角形当中体现出来,但是玛雅人以三角形来象征丰收,绘画中三角形的金字塔形状还可以象征稳定。所以,象征所具有的含混多义性是受制于文化和语境等诸多因素的。换句话说,象征经验对于感知它的人是不同的。象征一旦经过积累成为一套系统其结果就如同语言被接纳而成为事实,并且以其特有的规约性限制着思想。于是,象征成为一种选择,是文学家和艺术家在创作过程中按照自己的意愿、根据自己的感觉把意象与意义进行结合的选择。由此可见,这种暗示的普遍性意义来自他们对于世界、人生、宇宙等形而上思想的诠释。主体对客体的意向性恰恰反映了主体自身的思维和认知。

象征主义诗人波德莱尔一直向往与存在进行没有中介的直接的接触,认为主客体的统一是可以恢复的,但这中间排除了意识,这是马拉美所不接受的,因为排除了意识就排除了语言,排除了语言也就宣告了诗人的无意义。对马拉美来讲,诗歌行为就是使自然存在能够接近意识。前者是关于存在的诗歌,但却越来越意识到该统一性只能以死亡的形式达成;后者是关于"成为"的诗歌,其中意识不得不直面存在不可逆转的

---

① 黑格尔. 美学(第二卷)[M]. 朱光潜译. 北京:商务印书馆,1996:11.

分裂性,并在其中寻求力量生长。① 具有反讽意味的是,死亡以及统一性的话题使我们不自觉地想起了华兹华斯的诗《露西组诗》(The Lucy Poems)的最后一节:

如今的她,不动,无力,
什么也不看不听:
天天与岩石、树木一起,
随地球旋转运行。②

诗里面将死亡的露西比作一件东西,在坟墓中的她不再是活生生的人,而是与石头、树木等一样寂静不动,与地球一样旋转,成为了真正意义上的客观存在,死亡使她这个曾经能思考、有意识、能够对外在世界进行认识的主体,变成了与自然界一样的真正意义上的客体,死亡使她达成了主体与客体的真正统一。这里面的逻辑非常清楚,这并不是诗人追求的主客体的统一,而是客体与客体的统一。具有反讽意味的是"我"这一主体能做到的只是通过精神封闭从而没有人间的惊恐,是通过一种与死亡类似的经验来体会对已经逝去的主体(现在已经是客体)与客体的融合。所以,诗中的"我""她"与地球的关系恰恰反映了死亡是与客观世界统一的方式。正如任何形式的象征,都不是与自然世界或者非自身无限亲近的方式,相反,只是自我意识的不断增长而已,是更加清晰而深入地认识了自己的意识。

本雅明曾在《德国悲剧的起源》提出,象征缺乏"严格的辩证法而既不能在形式分析中公正地对待内容,也不能在关于内容的美学中公正地

---

① De Man, Paul. The Double Aspect of Symbolism [J]. *Yale French Studies*, No. 74. *Phantom Proxies: Symbolism and the Rhetoric of History*, 1988: 12-13.

② No motion has she now, no force;
She neither hears nor sees;
Rolled around in earth's diurnal course, With rocks, and stones, and trees.
From Harold Bloom, *The Best Poems of the English Language: From Chaucer Through Robert Frost* [C]. New York: HarperCollins Publishers, 2007: 332.

对待形式","物质与超验客体的统一被歪曲成表象和本质的关系"①。而寓言以其思辨的冷静沉浸于可见存在与意义相区别的深度之中。寓言是内部深度分裂的辩证运动。浪漫主义认为人是神创造的众多实体中的一个,因此象征成为这种思想的反映,文学家们认为象征反映了人与整个世界之间的联系,自然意象与超验思想之间是统一的。但是德·曼的解说告诉我们:人的意识在对于世界的理解中是占主要地位的,主体的思维通过语言来描述、阐释甚至定义这个世界。上帝创造了世界,诗人用语言也创造了一个文本世界。而作为语言符号之一的象征并没能真正地让主体与客体、人与自然统一起来,它只是反映了主体的意识与想象力是如何通过语言起作用的,一方面是意识,一方面是语言充当了统一性的媒介。符号与意义的关系就这样被揭示了出来,浪漫主义象征被解构了。埃科在关于象征方式的讨论中总结道:"象征叙述了作为历史的和辩证法的实体——人类意识的这种历史和方向性……不存在着结束和绝对的认知。所以阐释不能赋予象征最终的真理和对应编码的意义。"②

作为隐喻语言的象征概念,模糊了差异并且超越种种中介达到统一,而寓言正是通过差异的展现使人们认识到了意义的差异,寓言是更复杂的隐喻,或者是一个隐喻体系。因为寓言所言说的一定是具体的,而其所要传递或者替代的一定是抽象的。在寓言中,符号与意义之间的关系在于符号之间的关系,而符号各自的意义退居其次。但是,符号关系中有一个重要的构成因素——时间性,因为,寓言符号一定会涉及先于它的另一符号。所以,寓言符号所构建的意义只能存在于对先前符号的重复中,并且由于前一符号本质上纯粹的先在性而不能与前一符号相吻合。因此,寓言更说明了同自己起源的距离,它防止自身像象征一样以设定的统一性来认同非自我。也就是说,当浪漫主义的象征幻想总体性和同一性的时候,寓言已把主客体的辩证关系完全落实在了寓言符号体系中所存在的时间性关系中。它不执著于寓言符号与先前符号的一一对应,而是通过寓言中符号与符号的关系来传达意义。相比之下,象

---

① 本雅明. 德国悲剧的起源[M]. 陈永国译. 北京:文化艺术出版社,2001:131.
② 翁贝尔托·埃科. 符号学与语言哲学[M]. 王天清译. 天津:百花文艺出版社,2005:277.

征更具感性和直觉性,是超验的,而寓言是世俗的、反思性的。然而后者明确了差异是必然的,是原初性的,是朴素的。

德·曼以主体与语言的关系来说明象征并不是来自与自然界的类比,它仅仅来自主体的建构,是自身思维的反映;而浪漫主义所谓的主客体之间的共鸣更是表明了主体与自身的关系。无论是哪一种关系,我们所看到的都是一种对同一性的渴望和建构,而无处不在的是语言由上帝的声音(逻各斯)变成为主体的声音,主体的独立意志,因此它不是客观存在的,它只是人们认识世界的一种思维方式,一种同一性的思维方式。而寓言由于其时间性维度的介入打破了同一性,使人脱离对同一性的假象进入语言符号的关系中,以差异、断裂为特征,从而警示我们符号与意义的分裂。寓言的差异性思维特征被重新挖掘和研究,是与科学范式的发展,诸如相对论、量子力学(例如:测不准原理)的出现和发展相辅相成的。寓言由于其分裂性特征以及时间性造成的差异而反映了一种辩证思维方式。

第三节 隐喻——作为认识的修辞

在德·曼的众多文集中,可以很明显地看出他从前期对存在主义、现象学等的研究到后期的对文本修辞(主要是转义修辞格以及修辞手段)探讨的转变,而《阅读的寓言》正是这一转变的标志。德·曼通过广泛阅读这些哲学家、符号学家、语言学家、修辞学家的著作汲取了精华,通过对他们认识方式的质疑和对话,尤其是对语言(修辞维度)的思考,提出了修辞具有认识功能,但是这一功能长期以来一直被忽视。此章的目的就是厘清德·曼如何从文学性与修辞的关系以及修辞与认识的关系入手,来探讨隐喻的认识功能,阐释并评价其隐喻认识论的内容和意义,因为只有在此基础上才能真正理解他的(寓言)解构阅读策略。如果我们还记得德·曼有关于符号和意义关系的提问——"符号和意义(舞者与舞)既然如此紧密地结合在一起,我们又如何、又有什么办法做出区分,使我们不能陷入将符号与意义等同起来的错误呢?"那么,隐喻的认识论就会给予我们一个德·曼式的答案。

1. 隐喻

隐喻来自希腊语"metaphora",意为"由此及彼",即将一个事物转移到另外一个事物。从亚里士多德到现在,西方对隐喻的研究一直处在不断的深化和发展中,并且形成了几个比较大的观点,比如替代说、相似比较说、相互作用说、映射说以及概念合成说等。早在公元前4世纪,亚里士多德(Aristotle)就在《诗学》中对隐喻做了解释,其中最主要的一个词就是"借":或借"属"作"种",或借"种"作"属",或借"种"作"种",或借用同类字。[①] 这里面的"借"字就反映了一种替代关系。将隐喻的替代特征明确提出来的是古罗马帝国时期的雄辩家、教育家昆体良(Marcus Fabius Quintilianus,约35—约95年),他认为隐喻就意味着用一个词替代另一个词。但是,同一句话中"借用同类字"的意思就是使用类比,从这一支脉上发展出来的是相似比较说。虽然两者有相容之处,但是侧重点是不同的。理查兹在《修辞哲学》一书中提出:"当我们使用一个隐喻时,我们对不同的事物有两种思想,这两种思想在相互作用并被一个词或短语所支持,这个词或短语的意义是这种相互作用的结果。"[②] 理查兹认为隐喻在生活中无处不在,渗透在语言、思维和行动中。而映射论则来自莱考夫的《我们赖以生存的隐喻》,在互动论的基础上从认知的角度发展出 Mapping theory,即将始源域集合中的每一个要素与目标域集合中的每一个要素联系起来,建立一种映射结构。莱考夫的最大贡献还在于指出我们的概念、语言以及行为的建构都是隐喻性的[③],认为隐喻在本质上是一个认知的精神过程。

---

① 亚里士多德. 诗学[M]. 罗念生译. 北京:人民文学出版社,1997:73.
② Richards, I.A. *The Philosophy of Rhetoric* [M]. Oxford:Oxford University Press, 1936:93.
③ Lakoff, George. *Metaphors We Live By* [M]. Chicago:The University of Chicago Press, 1980:5.

从诗学的角度看,隐喻在亚里士多德的修辞学和诗学里尚属辞格的一种,辞格研究传统形成于古罗马之后。17 至 18 世纪,以隐喻、象征、意象等为主要研究对象的隐喻诗学,渐渐从修辞学研究中剥离出来,尤其是浪漫主义诗人、学者的研究成果,引发了隐喻的语言学和哲学研究。传统的隐喻观一直强调隐喻作为辞格(转义)的用法,认为隐喻是一种认同方式,即在两者之间找到相似性。在以此物比彼物的过程中本体获得了一种生动、形象或者启发性的理解。以往对于里尔克诗歌的高度评价有很大一部分都是来自对其诗歌中意象和比喻的赞赏,他的众多的诗歌意象甚至由于其本身的结构就被认为是个隐喻,如:在主要解构里尔克的"修辞手段(或转义)"一章中,德·曼就提出里尔克诗歌中的"隐喻实际上意味着能指形式上的潜能"。这已经解构了原本对语言指涉义和隐喻义的理解。在分析里尔克的时候,德·曼提到里尔克选择小提琴的隐喻,"并不是因为它类似一个主体的内心体验,而是因为它的结构同语言的修辞手段的结构相一致:小提琴之所以像一个隐喻,是因为它把内在的内容转变为外在的、能发出声音的'物体'。琴箱上的音孔恰好同在一切隐喻描写中出现的向外部的转变相一致。这个乐器不是象征意识的主观性,而是象征语言的潜在固有的结构:它是隐喻的隐喻。"①

随着 19 世纪人类学家的研究成果把语言与思维和现实的研究结合起来,20 世纪哲学的"语言学转向",对隐喻的研究获得了长足的进展。德·曼作为一个语言功底、文学功底和哲学功底都极为扎实的文学教授,从对哲学和文学文本的阅读里产生了对隐喻的独特理解。德·曼的修辞认识以及修辞阅读策略就是基于这种背景下对传统辞格的再认识。

2. 隐喻认识论

德·曼的论述都来自对经典著作的解读,关于隐喻的阐述也不例外。隐喻认识论是在把隐喻的运作机制运用于哲学家们关于语言和认

---

① De Man, Paul. *Allegories of Reading* [M]. New Haven and London: Yale University Press. 1979: 37.

识关系的研究,从而进行的关于语言本质上是比喻的讨论。如在"反讽的概念"中,德·曼就从费希特关于自我与非我的界定中,质疑了语言命名和区分中所存在的替代结构。语言首先设定自我,然后是非我,并在互相限定中拥有属性,通过属性的"分离与流通"进行"主体"的认知。①这种"分离和流通"本身就是一种"隐喻的结构,转义的结构",以属性替换为特征的认知和判断就是一种"转义(隐喻)认识论"。这个哲学研究中经常出现的概念"主体",在德·曼的分析中本身并不能呈现真理,也无力呈现真理,因为它本身的界定正是通过关系和互动而存在的。于是,命名的过程就成为隐喻的认识。"隐喻是盲目的,不是因为它歪曲客观的事实,而是因为它所描述的事实上仅仅是某种可能性"②。

在《隐喻认识论》一章中,德·曼通过深入分析几位著名的攻击过修辞学的哲学家对比喻语言(隐喻)的理解和阐释,质疑了他们的思想,并且得出结论:以这些哲学家为代表的认识其实也是一种隐喻的认识论。这是从对英国经验主义哲学家洛克的分析开始的。洛克曾经谴责修辞学的技巧,认为它们是语言本身的缺点,暗示错误观念,并且迷惑人的判断,因此,应规范它们使语言"得体"地传递知识和理解。但是德·曼认为洛克对这些以语言文字传递的知识是否就是真理并不乐观。在《人类理解论》中对文字和认知关系进行阐述时,洛克写道:"……知识虽然以事物为归依,可是它必须以文字为媒介。因此,各种文字就似乎与我们的概括知识是不可分的。至少我们也可以说,文字是永远介于理解和理解所要思维的真理之间的,因此,文字就如同可见物经过的媒介体似的,它们的纷乱总要在我们的眼前遮一层迷雾,总要欺骗了我们的理解。"这迷雾在德·曼看来就是语言的含混性,进一步说,就是语言的修辞性。而当洛克说到语言是一种"渠道",可能"腐蚀寓于事物本身的知识源泉",甚至"堵塞知识借以分配给公众使用的管道"时,他本身使用的就是一种转义修辞格,一个隐喻,而这个明显的隐喻不禁使人怀疑"隐喻是否

---

① De Man, Paul. *Aesthetic Ideology* [M]. Minneapolis\London: University of Minnesota Press. 1996: 172-174.
② De Man, Paul. *Allegories of Reading* [M]. New Haven and London: Yale University Press. 1979: 205.

阐明了某种认知,或者怀疑这种认知是否是由隐喻所塑造出来的?"① 不得不承认,语言是"渠道",这个隐喻毫无疑问会使读者更形象地理解语言的一个特性,虽然我们无从判断这种认知一定是真理,因为语言还可以被比作其他事物,而每种比喻强调的可能只是语言属性或功能或特质的一部分,但是这种认知的确是由该隐喻塑造出来的。由于语言是"渠道",因此才有了后面的"腐蚀"与"堵塞"之说——这种理解正是来自该隐喻本身,从这个意义上讲,德·曼的怀疑即是他的结论,而这个结论是合理的。

　　德·曼继而讨论了洛克把词语分类为观念和物质,以及这两者的混合形式并着手进行解构。在对观念进行论述时,洛克从简单观念入手,因为简单观念无论是从语义学上还是认识论上讲好像都更易于理解。似乎在简单观念中,词语和理解以及本质和属性之间是清楚明晰的,不会产生理解上的困难,因而也就不成为理解的对象,而这一点正是德·曼解构的起始点。因为既然简单观念是基础,那么对它的定义才是最应该的,也是最基本的。但这又涉及简单观念的无法定义性。如"运动"的定义和解释为"从此处向彼处的移动",这其实只是一个同义词替代另一个同义词,我们不是又涉及解释和定义"移动",那么这就只是同义反复而已。"运动"到"移动",德·曼认为这只是翻译不是定义,而翻译本身就意味着一种"运动",一种"跨越",用希腊语来讲就是"变换"或"隐喻"。由此可见,定义变成了转换或是"隐喻",可见当德·曼论述洛克的时候,也就论述了隐喻就是一种转换而已,而所有的语言在符号学上来讲都是一种替代和转换。所以,当我们看到德·曼在此处提到语言的隐喻性,或者在彼处提到语言的象征性,其实指的都是语言符号的替代和转换,隐喻以其突出的特征替代了包括象征在内的替换性辞格,所以从观念的角度讲洛克的分类法被德·曼解构了。

　　讨论物质定义的时候,德·曼从两个方面提出了质疑。其一是物质该是属性的集合还是作为一种本质支持这些属性。如果作为属性,那么

---

① De Man, Paul. *Aesthetic Ideology* [M]. Minneapolis\London: University of Minnesota Press. 1996:36.

就不能从本体论角度入手,因为这涉及事物被规定的问题,而物质与物质之间的界限是很难界定和控制的,且物质的某一属性和内容很容易通过与其他物质相对照来认识。如黄金的"黄色而又灿烂"很容易导致孩子认为孔雀尾巴上的金色灿烂的东西是黄金。德·曼当然不至于幼稚到专指儿童的认知,这个例子虽然近乎荒谬,却也为人类从早期到当代的认知发展展现了一个并非乐观的前景。倘若我们把这个例子扩展到向一个从没有看到过黄金或者从未见过孔雀的人来描述大概就可以想象一下结果了。因此德·曼在这里强调了通过属性来定义物质是不可靠的。那么作为"本质"的物质呢?作为诸多属性总和的物质呢?如何定义本质呢?在这所有问题之上的问题是:语言学观念的本源是否能和不受语言学制约的存在的本质相吻合?比如"人",是依靠外在的形相以区别于其他一切物质,还是依靠内在的灵魂来界定和区分呢?作为复杂观念,相比之下,似乎外在的形相比内在的推理能力更占上风,因为它决定了人种,因而是主要性质,而推理能力形成于后天。但是,问题的复杂性就在这里。比如怪胎是不是人呢?人的哪种形相是和有理性的灵魂结合在一起,哪种又不是呢?德·曼对此提出疑问:属性被当作本质或者被当作与本质相应,这在根本上就是一种替代的隐喻。由此得出结论:隐喻作为辞格绝不仅仅是审美意义上的、装饰性的,它还具有不易被人觉察的强制性。这种分析就把对观念和物质的界定之假定否定了,而基于之上的对现实的认识也就在一定意义上被否定了,这甚至可以延伸到语言的滥用(滥用本身就是一种辞格 catachresis),语言的误用与滥用使人们借助其创造的实体对现实分解并进行重新组合,因为"词语由于或者凭借其自身而产生它所指称的、在自然界中没有其等价物的实体"。[①] 德·曼在这里注意到并且用夸张的方式提及语言被忽略的属性,提醒我们人类一直是在这样的情形下用语言界定物质和观念,在对世界进行认知。如此看来,语言越多,歧义越多,修辞与语法的张力之大,正是我们应该开始加以认识和重视的。在此,德·曼提出了他的阅读伦理的观念,认为承认语言修辞性质的重要性才是符合阅读伦理的。

---

① De Man, Paul. *Aesthetic Ideology* [M]. Minneapolis\London: University of Minnesota Press. 1996:43.

德·曼对法国启蒙思想家孔狄亚克的质疑,是在分析其在《论人类知识的起源》中的两节"论抽象过程"和"论词语"中的观点时提出的。孔狄亚克认为"抽象过程"就是"凭借停止思考那些事物借以区分的属性,以便仅只考虑那些他们彼此相一致的属性"才得以形成。在德·曼看来,这正是经典界定中的隐喻结构。抽象过程(概念)即为隐喻。孔狄亚克还把物自体的现实与"真实的现实"联系起来。他认为真实的现实是主体(作为我们心灵的心灵)作用于实体的结果,是一种非感知,而不是感知。这样的结果是语言表达主体的自我构成行为。当这种自我构成行为以认识论的力量来捕捉事物的时候,必然带有专制性。"存在与同一是相似性的结果,这种相似性不在事物中,而是由心灵的某种行为所设定,于是,心灵便只能是言语的心灵。而且,在这种情况下,言语意味着允许在虚幻的相似性之上进行替代,因而心灵和主体就成为了中心隐喻,隐喻之隐喻。"① 虽然孔狄亚克与洛克论述的角度不同,但相同的是二者在论述语言与认知的时候都暴露了潜在的隐喻性。

在其后对康德在《论美作为道德性的象征》中关于图示拟形法和象征拟形法的研究中,德·曼引用了卢梭的观点来反驳图示相似性,认为它只是记忆术的一种手段,而不属于语言和知识范畴的概念性转义。而康德所认为的充斥在哲学话语中的辞格,如"基础""依赖"等象征性语言,虽然认为"值得做详细的探讨",但却从来没有做系统的研究,而象征性对于德·曼来讲绝对不是一种稳定的属性,是不可靠的。在《时间性修辞学》一文中,德·曼就曾谈及象征这一辞格,认为"象征设定同一性或认同作用的可能",是以总体性和有机论为基础的,其实也是一种隐喻结构。从洛克到孔狄亚克,再到康德,他们的种种论述无不反映了语言意义的不可决定性。米勒曾经在《重申解构主义》中说:"对于德·曼而言,所有的隐喻都是错误的、反常的,是对'真实存在'之事物不可救药的无知的遮盖……"② 当隐喻被认为通过相似性和同一性而达到总体化的

---

① De Man, Paul. *Aesthetic Ideology* [M]. Minneapolis/London: University of Minnesota Press. 1996:45.
② 约瑟夫·希利斯·米勒. 重申解构主义[M]. 郭英剑译. 北京:中国社会科学出版社,1998:212-213.

时候,德·曼的分析和阐释,揭开了隐喻中替代的结构在发生过程中所产生的差异、疏离和断裂,而在这个过程中认知必然是有损失的,甚至是歪曲的。

从上面的分析可以看出,德·曼在具体观照文本的时候所使用的隐喻概念应在几个层面上加以理解,否则就会混淆了问题以及对问题的认识。隐喻的第一层意思是我们在通常意义上理解的修辞格,即以此言彼,通过两个事物的比较加深对本体的理解。隐喻既有审美的功能,也有提高或加深认识的功能,即有"审美"和"认知"双重功能。由于其美学功能一直受到重视,也因此受到柏拉图以来很多哲学家如洛克、康德等的贬抑,他们认为美学功能不能反映真理。但是隐喻通过类比使人对事物和抽象概念的认识也是其功能之一;在第二层意义上,正如雅可布森关于隐喻的纵聚合与转喻的横组合理论机制也强调了隐喻的替代性选择机构,德·曼的意义上的隐喻已经不再仅仅是修辞格,而是代表了一种模式,由于隐喻总是呈现为替代和转义,因此凡是涉及替代与转义的模式都被德·曼称为隐喻;第三层意义,由于是以其运作机制来断定什么是隐喻,德·曼就此扩大了隐喻辞格的内涵,因此诸如象征、拟人等等都成为与隐喻机制一样的辞格。因此,德·曼甚至在提及文本的作者(叙述者)时,认为这是一种对主体拟人化的隐喻,因为它也符合隐喻的运作机制。人们通过语言对世界产生认知,而语言组成的文本不会展现世界的本原,它自身永远是一个中介,是替代,是隐喻,是一种修辞方式,而读者想一厢情愿地通过对文本的解读达到意义的终点这根本是不可能的,这种阅读的不可能性是"第二(或第三)层次的隐喻",也是阅读的"寓言"(allegory),这是德·曼从修辞入手解构文本的重点所在。

1980年,认知语言学的创始人乔治·莱考夫发表著名的认知语言学著作《我们赖以生存的隐喻》,在第一章"我们赖以生存的概念"中莱考夫提到:"我们思考和行为所涉及的日常概念体系从本质上来讲是隐喻的。"[1] 虽然德·曼和莱考夫的论证是从不同的角度而来,两者的基本观点却是相同的。这反映了语言学发展过程中,尤其是在对修辞学的研究

---

[1] Lakoff, George. *Metaphors We Live By* [M]. Chicago: The University of Chicago Press, 1980: 3.

中人文学科的哲学正在形成和发展,虽然莱考夫更侧重于体验哲学,而德·曼侧重于解构。

现在我们可以回到此节引言中有关符号与意义的关系问题。按照德·曼的观点,如果符号从诞生之初就是对所指的隐喻替代,而对意义的理解本身又形成了一种替代,那么符号与意义的关系就不是完全契合的。德·曼以隐喻认识论为例,得出一个结论:"文学代码的存在不是问题,问题是它们声称代表了一种广泛的穷尽一切的文本模式。文学代码是本身并非代码的修辞体系的下一级代码。因为,修辞学不能脱离其认识论功能,无论这种否定性到达什么程度。"① 从这个意义上讲,阅读首先应该是修辞意义上的阅读,而传统意义上的阅读,即以意义为终点的阅读总会因文本里的修辞而被解构。德·曼在"隐喻认识论"结尾处提到"……语言的整个语义的、符号学的和述行领域是否能够说是被各种转义模式遮蔽着。这个问题,只有在完全认识了比喻语言的增殖力和破坏性之后,才可以提出来。"可见,德·曼认为对于修辞的认识还有很多的工作要做,而对于隐喻认识的剖析只是一小部分而已,但是这一小部分的确还原了一些认识论的问题。修辞的空间巨大,不独是传统优越的隐喻辞格或是泛化了的隐喻或是其结构的问题,这就不难理解为什么德·曼用浪漫主义所不屑一顾的"寓言"来解构他们所一直追求的象征(隐喻)之有机性和总体论了。

尽管德·曼的隐喻认识论阐释了语言的产生是一个隐喻替代的过程,具有欺骗性,从某种角度上揭示了隐喻认识之谜,但他也有其无法克服的盲点。从德·曼对这些哲学家的分析以及德·曼自己关于辞格的分析,就会看出德·曼是用隐喻的替代机制代替了隐喻的所有内涵意义,即夸张地使用了隐喻的一个结构特征替代了隐喻本身,而替代中缺失了总体化的特征,因而在替代的过程中是有损失的。这种认识固然带来了对传统思想上认为语言能够传递真理和事实的冲击,但是这里面隐喻概念的使用本身就具有德·曼意义上的隐喻性质。就如同德·曼认为摹仿本身就证明自己是一种转义修辞,因为摹仿本身暗示着与被摹仿

---

① De Man, Paul. *Aesthetic Ideology* [M]. Minneapolis\London: University of Minnesota Press. 1996: 49.

物之间的差别。对德·曼来讲,语言对现实的指涉正是这一意义上的摹仿,言语和非言语之间是无法达到统一的,文学也无法表达真正的现实。① 于是摹仿在德·曼这里就被包含在隐喻的辞格和认识论当中了。这一方面印证了他自己的学说,即替代忽视了差别,不能像人们想象的一样传达真理。但在另一方面,有一个现象是值得注意的——德·曼也是以牺牲辞格(隐喻)的其他特质,而得以实现其隐喻认识之洞识的。德·曼的隐喻认识论无限地放大了其知解力的方面,隐喻即使作为认知方式,也存在想象力、联想、类比等过程或内涵;隐喻机制涉及的也不仅仅是替代,还有比较、互动等。而且,德·曼将语言的产生方式理解成为隐喻,这与在文本中所读到的语言符号之隐喻,以及各种辞格的转换系统是不完全一致的。虽然两者之间的相同点是替代,然则德·曼实在有将所有替代都划归为隐喻的嫌疑。如此这般,那么知识的综合与归纳就完全失去了作用,既然语言诞生之初就是隐喻(在这一点上,象形文字也是隐喻的,因为它是对事物的替代),那么所有的文本都是隐喻性质的,都失去了对真理的认知作用。这样的认识论是一种泛隐喻的认识论。这可以说正是德·曼的盲点所在。隐喻抽象成了替代,变成了隐喻结构,失去了其意义内核。米勒评价德·曼对隐喻的认识提到:"隐喻是一种替代,是一种转移,是从其合理的领域转入其'比喻'的领域。我们知道,对德·曼而言,所有的隐喻都是错误的、反常的,是对'真实存在'之事物不可救药的无知的遮盖……"如米勒所说:德·曼借助尼采和卢梭发展起来的是一种"激进的比喻理论"。② 然而,如果德·曼承认语言毕竟是认知的重要手段之一,那么即使语言具有符号的任意性基础,也是有其符号世界的自身系统的稳固性。只能说,德·曼对隐喻的理解也是隐喻式的。

德·曼的初衷是"文本意义的产生方式",他从辞格的运作机制开启

---

① De Man, Paul. *The Resistance to Theory* [M]. Minneapolis: The University of Minnesota Press. 1986: 10.
② 约瑟夫·希利斯·米勒. 重申解构主义[M]. 郭英剑等译. 北京:中国社会科学出版社,1998:199.

了对转喻(转义修辞)的再认识,拓展了文学与语言学、哲学、修辞学的对话,揭示了在过分依赖语法和逻辑而产生知识的过程中一种不可靠的因素。概念不再是理性的显现,从而解构了形而上学一直以来的高高在上的姿态,强调了人类认知的隐喻特质。语言的修辞性不仅来自语言本身是符号,符号(符号与所指之任意关系)替代所指是隐喻性质这一点,而且来自对文字以修辞的方式表现知识,也打通了文学作为美学范畴以及哲学作为认识论范畴的疆界。"德·曼的理论与阅读实践,一方面是要显示哲学论述的修辞性,指出修辞的潜力与实际作用并非概念性言谈所能完全驾驭;另一方面他同时强调修辞必须经过认知论的检验,也就是说,我们必须重新考察修辞与知识、意义以及再现(或透过语言所呈现的现实)等的关系。"①

修辞的使用是肯定带有一定模糊性的,因为修辞手法天生就与命名的词不同,修辞没有要与事物对应的意向性,而是具有联想性和生成性,而联想既与修辞格本身相关,又与理解它的人相关,不同的环境、不同的文化、不同的经历以及不同的知识面等等,对于一个辞格的理解甚至一个词的理解有着种种可能性。这也是解构的一个可以理解的"矫枉过正"的特点。尤其像"用典"这样的辞格,既涉及原文的含义,又涉及在与之嫁接的文章中的用意,极有可能出现理解的偏差。重复、替代比比皆是。因此,到底是隐喻塑造了认知还是认知由隐喻塑造?也许两者兼而有之。认知的过程是前进的,方法也是多元的。在语言的认知含义不断受到重视和拓展的今天,德·曼的思想不应该被埋没。如果可以把文本看成自然社会和人类社会的隐喻版本,那么修辞的力量是无处不在的,每一个人、每一种现象都被其笼罩。德·曼的解构批评把文学史上的巨人如华兹华斯、荷尔德林、卢梭,以及哲学史上的巨人黑格尔、尼采以及海德格尔等统一在他的修辞认识的理论之下,其洞识就在于发现:无论是哲学还是文学,意义的生产就是语言的问题。

---

① 高辛勇.修辞学与文学阅读[M].北京:北京大学出版社,1997:44.

第五章

辞格解构与言语行为
——德·曼修辞解构策略之二

第一节 寓言(讽喻)——时间性修辞

1. 寓言概念的界定和演化

寓言(allegory)是一个古老的修辞格,也是德·曼后期解构阅读的一个最重要的术语。寓言来自希腊文,原意指"另外一种言说",通常涵盖字面意思以及象征意义。寓言原指一种叙事文体,作者通过虚构人物、情节或者场景,构成完整的"字面"意义,同时借此表现另一层相关的意义。然而,寓言与意义之间的联系可能是任意的或者是偶然的,大多数情况下寓言的可读性只在于对传统的记忆和联想。传统意义上的寓言有历史和政治寓言用以讽喻历史人物或事件,也有观念寓言,其中用人物表达概念,用情节来阐明抽象的道理。① 这种古老的修辞方式把抽

---

① 迈耶·霍华德·艾布拉姆斯. 文学术语词典[M]. 吴松江等编译. 北京:北京大学出版社,2009:11—13.

象的概念和道理简单化,是一种常见的修辞方式。在文学史上,从班扬的《天路历程》到但丁的《神曲》寓言,从中世纪对上帝真理的阐释发展到文艺复兴之后对人和世界的认识,一直到启蒙时期的高度发展,再到现代社会对人与世界关系的诠释,一直起着重要的作用。

寓言的广泛使用始于中世纪之后的新古典主义时期,却遭到了随后的启蒙运动以及浪漫主义批评家的反对,尤其是在浪漫主义占据了文学传统的主导地位之后。浪漫主义推崇的修辞是象征。实际上,象征与寓言有着相同的表意结构,都是字面义为隐含义服务。从这一点上看,两者似乎没有很大的区别,如果从中世纪释经的角度看,两者都具有明显的形而上学色彩。在浪漫主义时期,象征越来越脱离圣经文化的积淀,转而从个体经验、感受以及审美中来寻求那些与众不同的私人化象征,并且以象征的直觉性特征来与寓言僵化的理性思维方式相对立。寓言的表达更为理性、抽象、具有人为性,而象征的表达由于理念的"不断地处于活跃状态而且不可企及"而成为主观与客观的统一,具有神秘的不可言说性。于是,象征一度由于其直觉性思维,想象力的反映,对总体性意义的表达而成为文学家和批评家的宠儿。

黑格尔曾经对寓言的特征进行过总结,认为使寓言和象征相对立的正是知解力与想象力。黑格尔在他的《美学》中,称寓言为一种"自觉的象征",是以知解力对现实的反映和映照。与象征相比,寓言中抽象概念人格化的特征使主体空洞化,缺乏明确的个性,外在形象也只是一种本身没有意义的符号。此外,寓言意义所限定的特殊性不直接从属于人格化的概念,是外在于人格化主体的,因此,主体与其属性相分离,产生了分裂。一边是外在的标志,一边是抽象的普遍性,这些都与艺术毫不相干。[①] 很明显,黑格尔是崇尚象征而贬抑寓言的。然而,黑格尔关于寓言分裂性的表述,在现代主义时期理论家的笔下呈现出另一类样貌。瓦尔特·本雅明(Walter Benjamin)、弗列德里克·詹姆逊(又译为詹明信,Frederic Jameson)、德·曼等人视这种特征为现代艺术的表现形式,他们认为寓言体现了分裂、差异、残破性以及非逻辑表现,并借此重新阐释了

---

① 黑格尔. 美学(第二卷)[M]. 朱光潜译. 北京:商务印书馆,1996:122—124.

感性与理性、现象与本质的关系,这些论述成为现代寓言理论。

虽然本雅明在1940年去世,但是他的论文在60年代却传播很快,这一点影响了一大批学者,这其中就有德·曼。德·曼正是在本雅明《德国悲剧的起源》这本书中,得到了他对于修辞学阅读的一个总结性词语"寓言",这在德·曼的《美国新批评的形式和意图》一文中曾经被引用到。这里的德国悲剧,指的是17世纪的德国巴洛克悲剧,其悲剧性体现在对现世的放弃和对未来的恐惧。这种悲剧中充满了死尸、废墟、残骸,充满了悲哀、失败和死亡,并且死亡就是真正意义上的死亡,没有救赎,没有复活,是一个真实的世界,没有象征意义上的有限与无限结合的理想状态。寓言所带来的绝对不是内向性和谐的幻觉,而是差异、断裂、破碎以及名实不符。巴洛克式寓言叙说的历史就是不可抗拒的衰败、腐朽和死亡,而意义和历史一同向前发展。本雅明对寓言的阐释来自对抗古典主义对艺术完整性的追求,而强调现代艺术的残破性以及现代社会的破碎性。对他来说,寓言已经远远超出了修辞概念和艺术形式的外延,而是一种具有普遍性的美学范畴。"寓言既是约定俗成的又是特殊的表达,并且两者各自都是内在地相互矛盾的"。[①]

"在西方早已丧失名誉的寓言形式曾是华兹华斯和柯勒律治的浪漫主义反叛的特别目标,然而当前的文学理论却对寓言的语言结构发生了复苏的兴趣。寓言精神具有极度的断续性,充满了分裂和异质,带有与梦幻一样的多种解释,而不是对符号的单一的表述。它的形式超过了老牌现代主义的象征主义,甚至超过了现实主义本身。我们对寓言的传统概念认为寓言铺张渲染人物和人格化,拿一对一的相应物作比较。但是这种相应物本身就处于文本的每一个永恒的存在,从而不停地演变和蜕变,使得那种对能指过程的一维看法变得复杂起来。"[②]詹姆逊的这段话不但概括了《圣经》、古典主义时期以及文艺复兴时期所遵循的寓言的传统意义,更强调了当前的文学理论对传统辞

[①] Benjamin, Walter. *Origin of the German Tragic Drama* [M], translated by J. Osborne. London: Verso, 1977: 159-160.
[②] 詹明信. 晚期资本主义的文化逻辑[M]. 张旭东编,陈清侨等译. 北京:生活·读书·新知三联书店,1997: 528.

格形式的深化和发展,尤其是在对寓言辞格语言结构上的研究使我们能够更加接近其的思想内涵。

2. 寓言的解构性

德·曼从20世纪70年代后期开始从语言学、符号学以及修辞方面对文本进行批评性阅读。这其中一篇标志性的论文就是《时间性修辞》,这篇论文曾是解构盛行时期被复印最多的文章。在这篇文章中,德·曼从时间性的角度分析了三种辞格:象征、寓言与反讽。其中,象征是作为寓言的背景理论出现的,是德·曼解构的对象;反讽则是与寓言有共同辩证特征的辞格。象征体现了同时性的空间性关系;寓言与反讽可以看作是时间的基本经验的两个方面:寓言的特征是存在于符号体系内的时间关系,而反讽虽然是共时性的,却像寓言一样存在着与起源的差异和距离。就文章本身来看,对象征的解构是立足于浪漫主义的认知方式预设了主体与客体的统一性基础上的,因而违反了辩证原则。然而,更深一层的理解会使这种认知方式走向当代哲学以及文学理论的宏观背景。新批评、形式主义以及结构主义,虽然理论视角不尽相同,但是理论前提都是将文本设为一个客体,从内部就可以将文本的各项联系抽取演绎出来,达到一定意义上的阐释和解读,从而陷入一种阐释循环的怪圈里。

基于对浪漫主义象征的抵制,德·曼指出浪漫主义作家本身就在很多的情况下使用了寓言的表现手法而不自知,即便是在对自然景物的描写中,也可以看到早期浪漫主义的诗歌和小说中存在着寓言的传统。威姆萨特就曾在布莱克的诗中找到了寓言。布莱克《致春天》以及《致秋天》中确实是使用了拟人化的语言,对春之神直抒胸臆,描写了春天"圣洁的双足"临巡"我们的属地",其出发点绝非仅仅限于对春天景致的赞美,更有着深一层的讽喻内涵。这与华兹华斯笔下的风景不同。在华兹华斯的笔下,一条河流、一座山脉,也许确实有地理学意义上的具体性,但是华兹华斯选取这一真实客体作为意象,是将其当作"不具界限或维度的容器,也就是无限"。① 他们代表着诗人创作中希望他们所反映的特征。然而,我们不能不承认,自然界的无限性与无法逃避自然世界时间影响的主体有限性上的确没有相似之处,主体生命的有限性无法在与自然界的类比中被超越,主体也无法逃离生命的无常和最终的死亡,这与浪漫主义象征所预设的同一性相悖,只是一种幻想。德·曼以卢梭的《新爱洛伊丝》中对朱莉花园的描写与英国小说家笛福的《鲁滨逊克鲁索》中对鲁滨逊所建立的尘世天堂为例指出,《新爱洛伊丝》中朱丽的花园似乎是象征自然的美与灵魂的美相符,可是朱丽说过"我对那里的一切都做了安排",这里,看似自然非自然,而是受到人为的控制,因此不是象征意义上的,而是寓言意义上的。笛福笔下的天堂也不是真正意义上的伊甸园,而是辛苦劳作的凡人在尘世间建立的"天堂"。朱莉与鲁滨逊在自己建构的景观过程中所承受的困苦,以及所传递的美德与班扬的寓意小说如出一辙。这个分析使我们清楚地了解,在浪漫主义文本的内部有着与象征相悖的表达方式,而有时寓言性的理解更优于象征性的理解,这一点可能是作家自己都没有想到的,从而颠覆了浪漫主义作家视象征为创作原则的思想。而寓言毫不讳言其差异性和分裂性,并且充分正视主客体分离的事实,然而寓言却很长时间以来受到贬抑。象征和寓言这对反映在修辞上的二元对立,恰好符合了解构行为的辩证法,也因此,寓言反而成为德·曼修辞解构的主要词汇并被他应用到针对文学史划分以及认知方式转变的总问题中。

德·曼的分析让我们看到:浪漫主义所推崇的象征以创作主体的想象力来弥合主体与客体的关系。以艾略特为代表的关于"客观对应物"所代表的主客体的统一,以及以新批评为代表的文本内部自足的统一,都是缺少严格的辩证法的,是一厢情愿的。文中通过对比寓言与象征突出了寓言所表现的特征:寓言没有象征中那种类比以及神秘化的解释,没有对统一性和整体性的追求,而是包含了一种时间性因素,因为寓言符号的意义取决于前一符号的"纯粹的先在性",这说明了寓言与自己起源的距离,这种差异否定了自我与非自我的幻觉式认同,从而反映了一

---

① Wordsworth, William. "Essays upon Epitaphs". In *The Poetical Works* [M]. Oxford: Oxford University Press, 1949: 446.

种主客体的辩证关系。寓言是德·曼的整个修辞学理论的关键词,对于德·曼来说,寓言具有时间因素,具有明显的修辞性和建构性。德·曼的解构策略首先重点突出了寓言中的时间性维度:

> "在寓言领域内,时间却属于原初的构成范畴。寓言符号及其意义(所指)的关系,并不是由教条规定的……相反,却是在符号之间的关系中,对与其各符号相对应的意义已经退居次要地位。然而,符号之间的这一关系,却又必然含有一个构成性的时间因素,也就是说,要形成寓言,寓言符号依然必须涉及先于它的另一符号。寓言符号所建构的意义,就只能存在于对前一符号的(克尔凯郭尔意义上的)重复中,但是两者绝不会完全重合,因为前一符号的重要性就在于它具有纯粹的先在性……"①

德·曼的这段话是理解其寓言的关键段落,但是对这一段的解读却有很大的难度,因为德·曼式的语言确实晦涩难懂,而且德·曼没有对这段标志性的话语做更多的说明或者结论。不过,对于寓言所包含的时间性构成要素这一点似乎可以与解构的另一个术语联系起来,这就是德里达创造的"异延"(différance)这个特殊的词汇,因为它既体现了符号之间的差异(这是空间意义上的),又表示了在差异的符号系统内意义在时间上的延宕。符号在这里不再是被静态地、线性地进行理解和思维的对象,不是以自身的价值达成对意义的对称解说,而是存在于一种关系之中,前一个符号给后一个符号留下踪迹,后一个符号在与前一个符号碰撞时对前一符号进行理解和阐释,因此符号之间建立起动态的、立体的关系。德·曼的"寓言"与德里达的"异延"何其相似。寓言叙事是从时间的维度上展开的,是历时的。寓言的先后顺序体现的不是如象征中所呈现的符号与事物之间的相似关系,而是符号之间的关系,这本身就包含着时间因素,涉及距离和差异。属于寓言原初构成范畴的时间性延

---

① De Man, Paul. *Blindness and Insight* [M]. London: Routledge, 1989: 207.

展,以及存在于寓言中符号之间的差异与异延的概念同出一辙,甚至可以说,与寓言是异延概念的修辞翻版,无怪乎寓言会成为德·曼的修辞解构策略的总结性概念。

这段话中关于时间性的说法还有一处值得思考,是不应该被忽略的:"寓言符号所建构的意义,就只能存在于对前一符号的(克尔凯郭尔意义上的)重复中,但是两者绝不会完全重合,因为前一符号的重要性就在于它具有纯粹的先在性。"这段话语中所提到的克尔凯郭尔意义上的重复,在此处的意思是:在时间的差异性中建立起来的符号关系的重复意味着后面的符号是在对前面符号的理解范围内进行的,但是由于前一符号在时间上的纯粹先在性,其所包含的意义只能是在后面符号对它的理解中存在一部分,而不是全部,因此两者不能完全重合。但是,德·曼在此似乎由于太过重视差异而导致的洞见,却忽略了这一动态的过程所产生的效果:"重复"这个词的强调实际上暴露了符号之间的联系并不仅仅在于构成漫无边际的指意链,前一符号的先在性已经构建了参照点,具有一定意义上的稳定性。德·曼的洞见显然建立在这种盲点之上,沿着差异性和任意性的方向越走越远了。

当然,寓言的差异性绝不限于停留在符号之间差异关系的一个层面上。寓言符号及其意义的关系,并不是人为规定的或是有一套既定的系统。寓言就像一个谜,如果知道个中奥妙,就会对意义心领神会;如果不知道,就不会达成对其寓言意义的理解,而只是对其文本符号的理解。意义一定是通过寓言符号才得以实施,在寓言符号中得以重复。意义在行为中重复,这一行为指的是寓言符号的行为。按照德·曼的说法,寓言说明了同自己起源的距离,"阻止了自我与非自我的幻觉式认同"。如此,与象征中主客观的统一关系相对立的,是寓言中寓言符号与其意义的差异关系。此处我们可以看到,德·曼对寓言与象征的分析中注重的是结构中的差异或统一。所以,对寓言的阐释中,寓言的创作层面不再是主要的方面。德·曼没有对想象力、联想等进行讨论,留下来的只是寓言本身。从这里可以看出德·曼的逻辑和辩证是"开放的",因为在论述的过程中,如果陷入德·曼的理论独白(这独白由于缺少语法上"我"这样的主语而显得相当的客观冷静),就会随着他的逻辑进入一种理论的玄妙当中,并且不知该从何处阻止这种逻辑的承接。但是,在对寓言的概念进行分析中,尤其是在对象征以及寓言进行对比性的分析中,可以清楚地看到德·曼抛却或者说故意规避了与象征相对的寓言创作过程的研究,似乎在此处主体的意向性可以忽略不计。但是,不可忽视的是,寓言的创作在某种程度上与象征是相类似的。例如,以具象表抽象:寓言的创作与象征一样,不是符号的自为,寓言产生的主观性被德·曼剥离,因此远离了目的性,这与德·曼对象征的解构逻辑是不相呼应的,不过这实在是一个太复杂的问题。"寓言不仅仅是断裂、也非纯然否定,而是一个过程或者动态,其中张力加剧了,矛盾交织在一起,相互作用,甚至恶化。"① 德·曼将分析象征中意象与实体的对应、主体与客体的对应变成分析寓言中寓言符号与意义的对应,强调含有时间性和差异性的动态过程,从而将对问题的探讨转换了一个角度,即象征从产生和创作的角度看,寓言则要从阅读和理解的角度看。这个转换掩盖了后面的逻辑,却也非常巧妙,因为它针对的是长时间以来学界对寓言的贬斥:散文式的、缺乏想象力、抽象性、分裂性等等。这些被贬抑的特征正是德·曼要论述的寓言高于其他修辞格之处。

除了时间性以外,寓言与其他辞格的不同之处在于它并不是在相似性原则上构建起来的。也就是说,实际的文本符号与本义之间没有相似点,因此符号传达它特有的意义,但这个意义与寓言的本意并不相符,因而呈现出分离的结构。"从结构、修辞的观点看……寓言的描绘导向一个与最初的意义背离,一致排斥其表现形式的意义。"② 作者直接地或通过内在于文本的规则和惯例,通过运用实际的符号来表达本义,而实际的符号与本义没有类似之处,它虽然也传达一种它特有的意义,但这个意义与寓言的本义不相符合。寓言的本义和字面义"不仅仅是非一致的关系。寓言可以分别被称为'寓言'和'寓言行为'(就像人们将'认识'和'认识行为'区别开来一样)"。寓言中的分离和差异使它与隐喻、象征等对同质化或总体化的诉求完全不同,

---

① Day, Gail. Allegory: Between Deconstruction and Dialectics [J]. *Oxford Art Journal*, 1999, 22(1): 105-118, 112-113.
② De Man, Paul. *Allegories of Reading* [M]. New Haven and London: Yale University Press, 1979: 75.

因为寓言的结构使它不能代表部分与整体关系,所以不具有换喻或者提喻的价值,但是它与其他比喻的联系正是通过差异和分裂来实现的。尽管寓言以结构的方式存在于文本中,但是理解这一结构的关键却总是存在于当下语境之外的某种价值体系或观念体系中。

"寓言和象征之间的张力,确证了这样一个过程:神秘化的行为既然是一个历史事实,那么就必须以历史的方式加以对待,然后才能开始真正的理论阐述。"[1] 这里的神秘化行为当然指的是象征对世界的认知和诠释,使认知蒙上了一层神秘化的色彩。浪漫主义或者象征主义的修辞既然已经成为一种文学史或者思想史上的认知方式,那么历史地看,这种象征性的修辞方式应该受到辩证的批判和认识。而曾经被贬损的寓言则"永远具有伦理的意味,伦理这个术语表示两个独特的价值系统的结构冲突"。[2] 表现了此冲突的差异性和分裂性应该受到理所应当的重视,这是一种警觉,是一种对旧的知识推倒重演的勇气和决心。从修辞格结构入手只是修辞认识的一种策略和努力。

寓言的特性决定了德·曼把它作为后现代的一个表达形式来使用:差异、破碎、异质等等。可以看出,现代意义上的寓言概念的内涵和外延都发生了巨大的变化。象征与寓言的对立恰恰符合了解构批评家对二元对立进行拆解的思想,象征与寓言原本只是简单的修辞格,但是当形而上的思想将两者的结构内核挖掘出来,并认为其中一个优于另一个的时候,解构的策略就发挥了威力。对象征追求统一性的神话被寓言彻底击碎了,因为统一性只是一种预设和幻想,而寓言体现出了时间性和差异性才是无所不在的。由是,寓言还原了世界的异质性。正是寓言这个概念总结了德·曼的整个修辞学思想,并提出了阅读的寓言这一解构意义上的阅读策略。德·曼的寓言式阅读是对有机统一观念的直接否定,对从浪漫主义到象征主义以来一脉相承的思想的否定,对新批评以及形式主义的否定,受到肯定的只是语言的"修辞间介"。因此,他反对比喻、象征等这种具有统一性的辞格,而采用被浪漫主义时期以来一直被贬抑

---

[1] De Man, Paul. *Blindness and Insight* [M]. London: Routledge, 1989: 211.
[2] De Man, Paul. *Allegories of Reading* [M]. New Haven and London: Yale University Press, 1979: 206.

的寓言、反讽等来说明问题。所以,他的锐利之处在于揭示语言修辞性对指涉性的干扰。由于修辞无法受到语法和逻辑的控制,因此文本意义是不稳定的,不可解读的,这就是德·曼阅读的寓言。

3. 阅读的寓言——从修辞手法到阅读策略

德·曼认为传统意义上的阅读建立在预设的指称权利基础之上,传统意义上的理解首先就是确认文本的指称模式,理解以及对字面义和比喻义的选择要靠语境来实现,这包括词汇、语法、惯用法、传统等等。然而,德·曼将指称模式理解为"将语言的根本比喻性掩藏在假象后面的反常的修辞手段"。德·曼式的阅读是寓言式的,寓言中包含的时间性和差异性,差异性和断裂被德曼延伸到了阅读中。在《寓言(朱丽叶)》一文的注解中,德·曼写下:"理解这种纯粹理性的行为,即所谓'看',已被构想为一种'阅读'。"因此,阅读的寓言即为"理解"这一纯粹理性行为的寓言:

> "所有文本的范例都是由一个比喻(或是一个比喻系统)及对该比喻的解构构成。但这个模式不可能由一个最终的阅读来加以封闭,因而它便产生一个补充的比喻叠加,这个补充的比喻叠加叙述先前叙述的不可读性。由于这个叙述与最初以比喻为中心而最终总是集中于隐喻的解构性叙事不同,所以我们可以称这样的叙述为第二(或第三)层次上的寓言。寓言的叙述讲述阅读失败的故事,而诸如《第二话语》的转义性叙事讲述的是指称失败的故事。差异只不过是层次上的差异,并且寓言并不消除比喻。寓言永远是关于隐喻的寓言(allegories of metaphor),因而也就总是关于永远是阅读的不可能性的寓言(allegories of the impossibility of reading)——此句中表示所属关系的'的'(of)本身就应该当作隐喻来'读'。"①

---

① De Man, Paul. *Allegories of Reading* [M]. New Haven and London: Yale University Press, 1979: 205.

这段话概括了德·曼《阅读的寓言》中的诸多观点。首先,可以参照德·曼关于隐喻的认识来理解文本都是由一个比喻或者是比喻系统构成。语言符号对于事物的指涉性从一开始就是比喻性质的,因为它们不是真实的对应,而是一种替代,因此任何文本都是由比喻构成的,而且由于比喻的异常性和不确定性,文本在肯定比喻的同时又解构它们。语言这种与生俱来的特征既肯定自己,又一定会暴露其反常性。在这一层次上,原初的叙事指的是指称失败的故事,即对真实世界指称的失败。但是,"补充的比喻叠加"所说的是阅读失败的故事,因为阅读涉及理解层面,这必然产生对第一层次叙述的阅读和理解,由于语言自身的特性,任何理解都不可能形成对它最终的阐释,于是理解叙述的过程中就产生了比喻的叠加。这就意味着,只要阅读就会产生比喻的叠加,而比喻本身就是反常、不稳定的,比喻的叠加更强化了这种特性,因此阅读就成为了寓言,即阅读与文本之间永远无法真正统一,于是,阅读失败了,它叙述先前叙述的不可读性。"寓言并不消除隐喻",因为隐喻指的是字面指称对现实世界的隐喻。"寓言永远是关于隐喻的寓言"指的是阅读总是针对带有隐喻性质的文本的阅读,因而就是关于阅读不可能性的寓言。

这段话里对于层次的说法是有趣的:"这样的叙述为第二(或第三)层次上的寓言。"这一方面将指称失败的叙述与阅读失败的叙述归为一个类别的不同层次,又说明了其中的差异。一个类别指的是两种叙事都是由普遍的比喻性语言构成的。而不同层次指的是指称失败的故事已经是一个层次,而阅读失败就是之上的又一个层次了。如果将符号对现实世界的隐喻指称也算作一个层次的话,那么就成为了三个层次。关于最后一句"的"字的解释通常意义上是"关于"或者"来自",也就是说,"阅读的寓言既是关于或涉及阅读的寓言,又是来自阅读行为的寓言……'阅读的寓言'或'关于阅读的不可能性的寓言'的意思是:叙事是关于阅读不可能性的间接、隐藏的故事,以及寓言来自阅读的不可能性或者不可能性来自阅读行为。"① 米勒虽然认为这种双重阅读的合理性,但却不认为这是隐喻性的。然而从"关于"或者"来自"都可以解释"的"

---

① 约瑟夫·希利斯·米勒. 重申解构主义[M]. 郭英剑等译. 北京:中国社会科学出版社,1998:212.

这一所有格的角度看,它的确是具有隐喻特质的。

德·曼在一篇与文集相同名称的文章《阅读的寓言(信仰自由)》中,对卢梭的文本进行的解构阅读证明了阅读的不可能性。在这篇文章中,卢梭从将宗教信仰建立在对天生的、自然的道德感情的表白上:"应当以我们内心最初的感受到的那些情感为限,因为只要我们的潜心研究不使我们走入歧途,就始终会使我们恢复这些情感的。良心啊,良心,你是圣洁的本能,永不消逝的天国的声音!是你稳妥地引导一个无知的孤陋寡闻然而聪明且自由的人,是你正确地判断善恶,人类由于你而类似上帝……"卢梭还在别处提到了被他称为"良心"的"正义和道德的原则"。德·曼毫不费力地在其中找到了一系列关键词构成的结构,然后用德·曼式的解构策略证实了对这段话阅读的不可能性。在这里,有情感与判断的结构、有人类和上帝的结构,有善恶的结构,还有良心、正义、道德等。人类是怎样理解上帝的?卢梭曾经在这篇文章的原稿中解释说他决不会知道上帝的本质,而只能研究他的特征,甚至也没有办法通过上帝的特征去想象上帝。但是,卢梭还是将这个特征想象为推动宇宙和安排万物的存在,并且深刻地认识到自己在此想象中加入了理解力、意志和力量。似乎德·曼认为,卢梭的这种理解表明"上帝的精神与人的精神是互相相似的;人和上帝互为隐喻。因此事实上他们可以被随意替代"。当我们看到替代就知道已经到了德·曼式解构的关键之处:替代和移置说明了隐喻的发生,人类从自身去构想上帝是将上帝容纳到了人的思维和判断之中,互为隐喻的上帝和人在某种程度上可以相互替代,例如通过良心、正义、道德甚至可以转换到法律,可见,上帝不再是本体论意义上的,而是成为一个符号隐喻地存在着,成为阅读寓言的种子。情感与判断之间也存在着相似的结构。感觉是知觉的基础,因此情感也成为判断的基础,但是判断就涉及比较,比较则建立起一套差异系统,判断只能在这差异系统的基础上建立起来,所以,判断有可能是错误的,因为思维方式"利用结构的相似来掩盖允许结构的真正连接的差异"。相似性取代差异性,这又是隐喻性质的,表现出阅读的不可能性。德·曼对卢梭的另一篇文章"新爱洛依斯"的阅读与这一篇非常相像,只是隐喻的结构关系变成了朱丽叶与圣·罗普的爱情关系。爱情既是情欲的隐喻,也是幻想的隐喻。恋爱中的两个人(自我和他者)通过互相认识而认识自我,通过不断互换他们的特性达到一种认同。正如当波德莱尔说:"自然是一种语言,一个寓言"① 的时候,我们看到是"A 是 B"的结构,这是纯粹的隐喻的结构。该结构将自然与语言和寓言等同在一起,旨在说明自然是可读的,也是可以从表面读出背后的意义的;即自然具有符号的指称性,也有寓言性。但是寓言性是要读出来的,对寓言的阅读本身就是寓言性的。

通过对卢梭的阅读,德·曼指出:"解构的阅读可以指出这些通过替代所取得的无根据的认同,但是却没有能力阻止这些认同一再出现在他们自己的话语中,也就是说没有能力使已经发生的反常互相不交叉。解构的阅读只不过重申了造成最初谬误的修辞上的玷污。解构的阅读留下谬误的余地,留下阻碍解构的话语的封闭,说明这个话语的叙述方式和寓言方式的逻辑张力的残余。"②

寓言的实际意义与字面意义的非一致性关系并非德·曼最后想达到的论证主题。他认为,"语义的不协调走得更远。"实际上,"两种意义以愚蠢的盲目力量互相争斗。"③ 这样的争斗一直重复,使寓言成为一个开放的比喻———一个无终止的比喻,即成为一个不再是比喻的比喻。德·曼把它叫做"反讽的寓言",因为它的特点是重复"比喻陈述和指涉陈述之间的潜在混乱———之所以说是潜在,是因为这种混乱没有真正发生"。因为"这种潜在的混乱只在两种意义争斗的当下过程中被替换"。④ 寓言因而成为不断趋于关闭之效果的永远的置换,是一种整体性在时间上的置换,是对从未达到的整体性的叙述。于是,寓言成为一个外形遭到破坏的隐喻,其整体化的潜在可能性在叙述的无止境的过程中以转喻形式展示出来,并因此得到颠覆。寓言永远地破坏隐喻辞格特有的整体性。这种破坏,或曰反讽,"不再是一种转义,而是瓦解了解构寓言的所

---

① 波德莱尔·查尔斯. 波德莱尔书信选集[M]. 芝加哥:芝加哥大学出版社,1996:80.
② De Man, Paul. *Allegories of Reading* [M]. New Haven and London: Yale University Press, 1979:222-258.
③ Ibid., p. 76.
④ Ibid., p. 118.

有比喻认知,换句话说,是系统地破坏了理解本身。"①

德·曼关于隐喻和寓言的论述首先区别了两种辞格,既而又阐述了两者的联系。因此,它反对那种把隐喻看作文学中最重要的修辞技巧的观点,认为所有的阅读都是一种寓言的隐喻。德·曼通过扩大寓言的语义发展了寓言的概念。在此意义上,寓言不再被看作以道德说教为特征的文学形式,而是一种表达形式,替代模仿而成为文本的特性。此外,在寓言的破裂特征中所体现的也被认为是语言和现实之间的描述。在此可以看出德·曼已经继承尼采关于语言的修辞性本质的观点并发展了这一观点,只不过他使用了"寓言"这一辞格替代尼采"隐喻"这一辞格,使其成为文本本身的特性。对此,艾布拉姆斯总结道:"在德·曼后期的著作中,他在'语法'(语言符号或规则)和'修辞'(不受约束的比喻语和比喻游戏)的标题下,描述了文本内部基本的冲突因素,并把这些冲突因素与其他独立因素,如由奥斯汀所区分的'施为'与'表述'两种语言功能排列在一起。从语法的角度而言,语言一贯追求确定性、能指性和富有逻辑的有序陈述等功能,而这些功能又被其修辞功能持续不断地消解为一系列开放的非能指和非逻辑的可能性。于是,一篇文学文本从内部需要出发,所表述的与所施为的也就不一致,或正如德·曼对这一问题的表述,文本'同时肯定又否定它自身修辞模式的权威性'。对于批评阅读而言,不可避免的结局就是'不稳定性的可能性的反逆性'。"②

作为一位解构批评家,德·曼没有一整套的所谓"解构主义理论",但是一个中心的论点却贯穿了德·曼论文的始终——"……在(当代批评家)关于文学本质所做的总体陈述(以此为基础所阐发的批评方法)与他们所阐释的真正结果之间存在着自相矛盾式的断裂。"③ 在《认识当代美国文学理论》一书中,作者迈克尔·P·斯派克斯(Michael P. Spikes)写道:"德·曼式解构只是一种发现并阐释反讽的行为。解构就是解释

---

① De Man, Paul. *Allegories of Reading* [M]. New Haven and London: Yale University Press, 1979: 301.
② 迈耶·霍华德·艾布拉姆斯. 文学术语词典[M]. 吴松江等编译. 北京:北京大学出版社,2009:119.
③ De Man, Paul. *Blindness and Insight* [M]. London: Routledge, 1989: ix.

某一作者为什么以及怎样对想要达成的意义失去了控制。"[1] 具体一些说,某一文本所具有的"唯一的意义"通过解构批评者对文本中语言潜在力量的挖掘,展开了语言所呈现的相反的意义,继而瓦解了"唯一的意义"。但是他强调"解构不等于破坏",而且语言所有的标准用法还必将延续下去,他声称自己所从事的仅仅是使任一文本'处于'一个差异的体系中。

德·曼的寓言式阅读是对有机统一观念的直接否定,而肯定"修辞间介"。因此,他反对比喻、象征等这种具有统一性的辞格,而采用被浪漫主义时期以来一直被贬抑的寓言、反讽等来说明问题。所以,他的锐利之处在于揭示语言修辞性对指涉性的干扰。由于修辞无法受到语法和逻辑的控制,因此文本意义是不稳定的、不可解读的。修辞所引发的含混性,即语言本质上的修辞性使其无法表达唯一的意义,相反,它所表现的只能是多元的、一连串相互关联甚至是相互矛盾的意义或结构。文本语言无法只传递作者的意图,因为语言本身总是传递更多的意义,这些意义与作者所要表达的意义不相符,甚至相悖。就像纳博科夫笔下《交叉花园中的小径》一样,文本就像一张网,每一个符号都是一个节点,一个十字路口,一个隐喻,通向不同的道路和替代性意义。而面对指称意义的隐喻性,每个读者的选择是不同的,因此也就造成了理解的不同和阅读的寓言。阅读难以成为文本唯一意义的解释,却传递了无法阅读的困境。德·曼在《寓言(朱丽叶)》中暗示了一种阅读的能力,即阅读应止于明白易懂还是应该更加深入。从符号的隐喻指涉性到文本的潜在修辞性,再到阅读的寓言性,德·曼将阅读的不可能性扩展为一个庞大的网络结构。它不仅来自指称意义的不可靠,也来自修辞意义的解构,还来自文本间性带来的无法断裂的文本意义,以及读者的阅读(理解)能力,而这庞大的结构使阅读只能成为无法阅读的寓言。如果说皮尔斯的纯修辞学过程呈现的是替代的结构,那么隐喻其实就是这种"纯修辞"。寓言就是隐喻的隐喻。正是寓言这个概念推动了德·曼的整个

---

[1] Spikes, Michael P. *Understanding Contemporary American Literary Theory* [M]. Columbia, South Carolina: The University of South Carolina Press, 1997: 25.

修辞学理论。我们至此才完全进入德·曼意义上的修辞中。

第二节 反讽——否定的修辞

反讽是德·曼修辞解构策略的另一个关键词,具有讽刺意向,而意向性修辞正是德·曼连接其现象学以及符号学、修辞学批评的一个契机。德·曼曾先后在20世纪70年代初与70年代中后期讨论过反讽,前者是作为时间性修辞的讨论,后者则主要是围绕施莱格尔以及其他几位理论家对"反讽"概念的讨论,其中包含了德·曼在修辞上的解构思维和对语言符号能指任意性的认识。反讽概念本身包含了自我、历史以及辩证的范畴。

如果说德·曼已经通过对象征的解构和寓言内涵的阐释,在一定意义上达成了对浪漫主义概念在史学意义上的清理,那么"时间性修辞学"里面作为单独一节的反讽就是一种更需要严肃讨论的修辞方式,因为反讽修辞的重要性贯穿了艺术创作的始终,无论在戏剧、诗歌和小说中,还是在浪漫主义艺术创作的意义上,抑或在现代以及后现代的艺术创作的意义上,它都不仅仅是重要的表现形式,还是一种思维原则。在解构意义上,反讽又贯穿了阅读的始终,因而成为德·曼修辞解构的关键词,解构策略一定要在理解此修辞格的基础上才能得到最好的阐释。

1. 反讽种种

反讽,通常指的是说话人话语的陈述与其隐含的意义大相径庭。当然,这种截然相反的含义通常都是曲折隐晦的,或者是借助微妙的暗示来达成的。这里面包含着一种掩盖和一种微妙的揭露。反讽意此而言彼,或意褒而言贬,或意贬而言褒。总之,反讽在同时间里所述相互关联、相互对立,一方的意义总是与另一方形成矛盾。虽然反讽破坏文本的表面意义，但并不是说完全取消其表面意义。相反，它正是依赖这个看似明确的、稳定的意义来达到使它不稳定的目的。因此，一方面反讽总是在解构，另一方面文本的确构建意义，也就是说，生产意义的同时又取消这个意义。反讽的起源与希腊喜剧里的愚人角色相关。愚人的角色是佯装的，他总是故意表现出比实际上愚笨，言辞含蓄，但是却击败了自欺欺人、愚蠢的大话家骗子。"反讽"一词在大多数现代批评的使用中仍然保留了其原意，即不是为了欺骗，而是为了达到特殊的修辞或者艺术效果而掩盖或隐藏话语的真实含义。[①] 反讽有很多种，最为熟知的就是言语反讽。在这种讽刺性的话语中字面意义与说话者想要表达的隐含意义全然相反。也就是说，言语中所表现出来的说话者的态度与实际的态度与评价恰恰相反。说明这种反讽最好的例子就是简·奥斯丁在《傲慢与偏见》中开篇的一句话："凡是有钱的单身汉，都想娶一位太太，这已经成为一条举世公认的真理。"所有读者都会对这里体现出的反讽意味会心一笑，因为这句话的讽刺内涵就在于：在当时的社会制度下，女性既没有经济收入又没有继承权，所有的单身女子自然都想嫁给一位有钱的单身汉以给自己未来的生活以保障。对这种反讽的理解总要靠读者和作者对虚构的说话人讽刺意向的共同确认。所以对反讽的理解远非直接简单，相反，它总是显得微妙复杂，曲折隐晦。因此，在理解说话人或者作者的意图时，读者需要智慧地找到作者创作时留下的蛛丝马迹，或者借助语境才能达到对反讽心领神会。但是，由于反讽的复杂性和形式的多样性，对反讽（德·曼意义上）的阅读就显得非常困难，所以，首先就要对反讽的结构以及内涵有所了解。再由于德·曼同时期的重要理论家几乎都对这个领域有所贡献，因此，德·曼将其作为重要的修辞方式与他们进行理论对话就成为更加迫切的任务。

反讽的复杂性首先表现在它所体现的不同的内涵上面，如：结构性反讽、指令反讽与非指令反讽、苏格拉底式反讽、戏剧性反讽、命运反讽以及浪漫主义反讽等。这里就德·曼曾在论文中提及的几种反讽先进行交代和解释。结构性反讽（Structural irony）是指作者的双关意义和评

[①] 迈耶·霍华德·艾布拉姆斯. 文学术语词典[M]. 吴松江等编译. 北京：北京大学出版社，2009：271.

价贯穿全文的一种结构特征。通常的手法是塑造一位愚偶,或者一位天真的叙述者或代言人,由于愚不可及或是天真单纯总是产生对周围事件或者情况的误解,但是读者却能够通过他们洞察其中所隐含的作者的观点,并在作者的引导下对其进行改正。对这种反讽的认识有赖于对作者讽刺意向的认识,只有读者能够意识到,虚构的说话人却意识不到,这与言语反讽是有差异的。而所谓愚偶,在不同的反讽作品中就表现为不同程度的"出错的叙述人",由于他本身也是故事中的角色之一,因此,他的作用就是反讽创作的一种结构性构成因素。虽然他不一定是个绝对意义上的愚蠢之人,但是从他对自己和别人的行为与动机的评价上面看得出他的偏见或者错误的观点。指令反讽与非指令反讽是韦恩·布斯在《讽刺修辞》中提出来的,前者指说话人或者作者使读者获得一种也许明显、也许隐含的观点和立场,从而成为修正或者颠覆表面意义、发觉讽刺含义的基础;后者则不向读者暗示固定观点的指令。苏格拉底式的反讽则总是摆出物质以及渴望他人指导、教育的姿态,而在不断的询问中,对方的观点呈现出自身的荒谬。戏剧性反讽,顾名思义,经常发生在戏剧或者小说中:读者(观众)与作者所共同了解的情况或这事情未来的发展状况是剧中的某个人物所不知道的,因此他做出来的举动通常由于无知而与现实情况不相宜,或者与预期的结果相违背。浪漫主义反讽也是小说和戏剧的一种创作手法:作家建立一种表现现实的幻象,但是此幻象却由于作者以艺术家的身份创造并且操纵作品中的角色行为而被打破。作者在这里将叙述者的身份明显地呈现出来,使叙述者拥有自我意识,这样读者就将叙述人当作编故事的人,从而打破了作品的真实性幻觉。①以上提及的反讽反映了不同的文学手法和组织模式,但是最主要的一个统一特征就是通过真实意义和隐含意义双重结构的构建所反映出来的一种讽刺意味,而这个结构正是德·曼的兴趣所在,也是德·曼针对一些著名的反讽理论家的对话。在一次访谈中,德·曼解释反讽说:"当语言开始言说你未曾料想它会说的内容时,反讽就出现了。"这意味着"当语词获得的意义在某种程度上超出你所能控制的意义,开始言说

---

① 迈耶·霍华德·艾布拉姆斯. 文学术语词典[M]. 吴松江等编译. 北京:北京大学出版社,2009:272—277.

那些与你所寻找的意义或者认可的意图相悖的事情之时,反讽就出现了"。①

2. "反讽的概念"

美国学者科勒布洛克曾在《反讽》一书中说:"这种伴装的技巧开创了西方政治和哲学的传统,因为通过对这种谈话意义的技巧处理,迫使对话的双方对人类语言的最本质概念产生质疑和批判。"② 在文学史上,浪漫主义反讽一直是一个比较具有争议的话题,其中最具有代表性的就是施莱格尔,德·曼也是主要围绕施莱格尔的论述展开讨论。否定施莱格尔反讽概念的是黑格尔,克尔凯郭尔紧随其后,虽然两者论述的动机不同。本雅明赞同施莱格尔的观点,这表现在他所撰写的"德国浪漫派的艺术批评概念"中。20世纪60年代之后美国批评家肯尼斯·伯克也对反讽做出过重要的阐释。此外,以分析哲学为代表的奥斯汀以及塞尔等语言学家也从言语行为的角度对反讽做出了阐释。德·曼关于反讽的分析将这些理论家对反讽的阐释进行了梳理和分析,肯定了施莱格尔对反讽"不可理解性"的理解,质疑了黑格尔与克尔凯郭尔的反讽认识,从解构的角度揭示了反讽修辞的内涵:反讽具有一种反省性结构,具有无限的否定力量,是一种否定的辩证法,这使反讽成为后现代语境下修辞解构的一个例证。

德·曼分析的第一个步骤是从关于反讽的问题开始的。布思在《反讽修辞》中提出了这样的一个问题:怎样判定文本的反讽性质? 也就是说,对于一个文本到底是不是反讽这一问题的终结点在哪里? 到底通过什么方法或者有什么标志能让我们决定文本就是,或者不是反讽意义上的? 在探讨指令反讽与非指令反讽中,布思引用克尔凯郭尔的话对那些趋于无限的反讽做了一个哲学意义上的总结:"我们在阅读反讽时,重新

---

① Moynihan, Robert. "Interview with Paul Man"[J]. *Yale Review*, 1984, 73: 584.
② Claire, Colebrook. *Irony* [M]. London: Routledge, 2004: 2.

发现了克尔凯郭尔在对理解反讽概念的理论工作中为什么最终将反讽定义为'绝对无限的否定性',反讽的可能性一旦进入我们的大脑,其自身就开启了种种疑惑。然而并没有一个内在的缘由在除了无限以外的任何一点上来切断疑虑的过程……所以使这一链条得以终结的并不是反讽本身,而是理解反讽的愿望。"① 布思的这句话将反讽引向了对反讽理解的问题。只有理解才能使我们控制反讽,然而这里最重要的是理解是可能的吗?还是理解本身就是根本不可能的?"如果反讽是关乎理解,那么对反讽的不理解将永远不能控制并且结束反讽……如果是这样的话,那么重要的一点就是理解的可能性、阅读的可能性、文本的可读性,决定某一意义或者多重意义,或者一个受到掌控的多义词的词义的可能性,我们会看到反讽的确是危险的。"② 反讽中所存在的两种方式之间形成激烈的冲突,相互阻碍、相互破坏,破坏的可能性一直威胁着对文本意义的种种假设。关于这一点,也许上文所举的《傲慢与偏见》这个例子可以简单地说明一下关于反讽理解可能性的问题。首先,小说中第一句话,即关于有钱的单身汉需要一个妻子的这句话就与全文内容形成了反讽,因为小说的内容恰恰相反,是关于班尼特一家如何处心积虑地将几个女儿嫁给有钱的单身汉的故事;其次,重要角色之一的班尼特太太就像希腊喜剧中的那个愚偶一样被班尼特先生和伊丽莎白所取笑,当然也被读者所取笑,然而,反讽的理解和效果在于班尼特太太最终被证明是精明的、是现实的、是正确的一方,因为她达到了目的,得到了她所想要的;反之,以聪明人形象出现的睿智的班尼特先生却在最后成为了班尼特太太计划的一部分,同样,聪慧的伊丽莎白也由于自己的偏见导致险些与达西失之交臂。当读者阅读(理解)小说的时候,从对班尼特太太的笑话和鄙视一直到最后发现自己想要的结局竟然就是班尼特太太的最初的设计,理解就成为了对自身理解的反讽,成为作者对读者的反讽。这是一个分析得较为粗糙的例子,只做参考,因为这里对反讽理解的无

---

① Booth, Wayne. *A Rhetoric of Irony* [M]. Chicago:University of Chicago Press,1974:59.
② De Man, Paul. *Aesthetic Ideology* [M]. Minneapolis/London:University of Minnesota Press. 1996:167.

限性被压缩得只剩下了较为重要的情节方面,至于更多精深的内容,还是需要对原著展开的阅读(理解)过程。

在布思问题的基础上,在对于反讽理解的问题上,从理解的不可理解性上这三个方面,德·曼还原了施莱格尔对反讽的理解:第一,虽然传统意义上的反讽本质上只是一种修辞格,但是它已经发展成为一种艺术创作手法、一种美学实践,因此也具有提高和扩大文本艺术魅力的效果。在反讽中存在着一种距离,发生在言与意之间的距离,一种美学意义上的距离;第二,反讽可以理解成为自我反省性结构的辩证法。这就涉及意识中的反省模式。反讽在自我的意识中建立起自我的反射结构,允许自我在自己内部一定的距离外观察自己,于是,该反射结构就使得反讽成为自我辩证的契机。第三,反讽契机或是反讽结构可以被嵌入历史的辩证法,然而德·曼在这里要传递的绝对不是黑格尔式的辩证法,而是反黑格尔式的否定辩证法。在上述德·曼提出的方法中,可以找出几个德·曼解构的关键词:距离、结构、自我、辩证和否定。德·曼就是在施莱格尔对费希特的继承上找到了这些关键词,并将这些关键词与施莱格尔的不可理解性相结合,从而形成了对反讽的德·曼式解读。

可以看出,这些关键词的哲学意味浓厚。的确,反讽就是在19世纪早期德国浪漫主义时期才开启了其理论化的进程。被称作"反讽之父"的施莱格尔在《批评断片集》中说:"哲学是反讽真正的故乡。"[①]在德国浪漫主义对反讽的认识中从没有离开认识与真理、有限与无限、主体与客体的关系问题。在《时间性修辞》一文中,德·曼从语言学的角度提出了反讽与寓言有着相同的结构这一观点,因为对于两者来说,符号与意义的关系都是不相连续的,都具有差异性和分裂性。两者也都存在于时间性的困境当中,从而与产生于类比和神秘化的象征形成鲜明的对照。对差异性的哲学探讨还可以上溯到对施莱格尔产生影响的费希特对于"自我"概念的界定。这中间的距离似乎有些遥远。但是,这是一条反讽从浪漫主义走向后现代主义的哲学路径,是从哲学概念走到语言学、符号学回到意识形态的一条路径,因此,需要

[①] 施莱格尔. 浪漫派风格——施莱格尔批评文集[M]. 李伯杰译. 北京:华夏出版社,2005:49.

对它进行必要的梳理。

德·曼在《时间性修辞》与《反讽的概念》中都强调的一种理解方式就是他提到的第二种理解方法,即理解反讽的自我反省结构或者说分身结构。在意识层面,反讽的主要特征是自我意识,即反讽中的反省活动使自我分化为经验式自我和反讽式自我,两种自我之间的距离才使反省行为成为可能,主体内认识的多重性(其中之一成为认识主体,而另一个成为认识客体)使主体更加了解自我,这有别于德·曼对浪漫主义象征中主体对外在世界的认识成为主体间性关系的认识。两种自我的分离借助语言符号呈现了自身,于是反讽式语言显现出双重结构。将自我分为认识主体与认识客体自古有之,苏格拉底最著名的一句话"认识你自己"就是主体将自己作为客体的再认识,包括对自己行为和思想的认识,其中必然蕴含着主体的内在性反思。但是由于意识是以语言的方式来呈现的,原初的自我就被语言学主体所取代。

实际上,"自我"是费希特哲学的出发点,施莱格尔从费希特那里借来了构成后者辩证法的"自我限制"("自我定义")、"自我创造"、"自我摧毁"等哲学术语。费希特的自我概念与现象学中的自我概念不同,不是主体与客体相对的辩证法中的自我,不是经验的自我,而是绝对自我,是超验的自我。在费希特的理解中这个自我就是一种语言的属性,本质内在地存在于语言之中。费希特说:"我这个字设定了原初的自身。"① 这句话是在说:自我通过语言的行为来设立。它是逻辑的开端和发展,是语言假定的能力,是语言命名或者是误用语言的能力。也就是说,反省性的分离要借助语言才能将自我从世界上分化出来,因此已经不是经验的自我,而是成为符号的自我。而一旦语言假设了自我,那么它就不得不假定一个非自我来与自我对应。换句话说,自我本身就假定了一个非自我的存在。德·曼强调此处的自我并非黑格尔意义上与非自我相对应的自我,而是纯粹的假设行为。于是下一个步骤就是自我与非自我两个矛盾元素如何彼此接合、彼此界定。"限制、决定就是通过否定部分

---

① De Man, Paul. *Aesthetic Ideology* [M]. Minneapolis/London: University of Minnesota Press. 1996: 172.

地悬置(自我与非自我的)现实,不是全部,而是在一定程度上的悬置"①。于是,独立于自身的部分就成为自我的属性。只有从那一刻起,才可能开始涉及自我的判断行为。起初仅仅是一种语言的误用,现在变成了一组属性构成的实体,可以对它们进行比较找出不同实体的相同与不同之处。而这些就是费希特意义上的判断行为。德·曼在此基础上探讨了综合性和分析性判断行为,前者在判断两物相像时假设的前提是它们之间有不同点,而后者在判断两物不同时先要假设两者具有相同点。但是在这两种行为中都存在着一种特殊的结构,即在实体进行比较的时候,会出现实体之间属性的转换和循环,这被德·曼称作隐喻的结构或者辞格的结构。因为在这个结构中出现了属性的替换或者移置,他们发生在整体与部分的关系之间,是一种提喻的结构,一种隐喻化的辞格体系。

当然,判断行为还远不止于一种隐喻化的辞格体系,它还是一种施为的体系。因为从一开始,它就是语言学模式的假定行为,一种语言的误用行为,这不是认知意义上的而是施为意义上的,这被费希特称为"寓言"。因为它涉及叙述,涉及一个关于比较和区分的叙述,关于属性互换的叙述,关于自我与向无限的自我投射的故事和叙述。一方面是辞格之间相互作用的叙述,另一方面是假定的施为行为,这完全与叙述的理论相仿。但是,这中间存在着否定的时刻:自我永远不可能知道自我,永远是反省中的自我,永远是不稳定的自我,也是不可靠的判断。因此,反讽里面含有强大的否定力量。"也就是说,在作为对象的自我与认识自我的意识之间,在现在的自己与过去的自己,甚至将来的自己之间,不可能存在着单纯的同一性,它必然存在着隔阂。反讽正是切断单纯的自我同一连续性的一个重要契机。"② 然而,这种否定力量被简化成了修辞体系,于是本来所不可理解的通过简化变得可以理解了。我们终于可以回到施莱格尔关于哲学和诗歌里面所提到的分离的自我。施莱格尔曾说:

---

① De Man, Paul. *Aesthetic Ideology* [M]. Minneapolis/London: University of Minnesota Press. 1996:173.
② 林少阳. 反讽. 西方文论关键词[C]. 赵一凡等主编. 北京:外语教学与研究出版社,2006:99.

"哲学是反讽的真正故乡,反讽可以被界定为逻辑的美感……古代和现代诗歌的整体和每一个细节都充盈着反讽的神圣气息。在那些诗歌里,寄居着真正超验的滑稽行为。这种俯视一切的情绪弥漫在诗歌的内部却又无限地高过所有有限的事物,甚至高于诗人自己的艺术、品质和天分;诗歌的外部形式则体现出通常意义上一个好的意大利滑稽演员的历史风格。"①

在这段话中,施莱格尔强调了反讽在诗歌中无处不在的事实,这里所谓的"滑稽行为"(Buffonery)指的就是断裂和分离行为。反讽体现了自我的否定性,因为它体现了与所有事物的分离、与自我的分离以及作者与自己作品的分离,这是我们在诗歌中所能看到的。而外部的分离则是指向叙述性幻觉的断裂。如同在希腊喜剧中的合唱队主唱段,他们的作用就是通过转换来打断一段讲话,其实质就如同错格是对句法预期模式的打破,他们打断的是叙事线。滑稽演员起到的就是这样的作用。然而,中断并不是反讽的全部内涵,还要在前面加上一个"永久的"。他要表达的是反讽在诗歌中无处不在,叙述还可以被随时中断。这样,反讽在内部和外部都会随时产生中断,虚构与事实就不会混淆起来,以防虚构在本质上的否定性被忘却。这又不禁使我们回到了费希特的来自修辞体系的叙述结构。所以,德·曼将施莱格尔所说的反讽是持续的打断行为描述成"对修辞手段的寓言方式之持续的打断行为"②。在此意义上,反讽总是对任一叙述的拆解,它与叙述相关,但又正是它使叙事理论永远不能达成连贯。

这种断裂和语言学又是什么关系?这就是施莱格尔提到的真实性语言。这种语言存在于浪漫主义诗歌与神话的相同点之中。他认为两者之间都存在着"人造秩序的混乱""诱人的矛盾对称性"以及"热情与反讽之间惊人的持续转换",在这个意义上,浪漫主义诗歌就是神话的间接形式。这里存在着一种孩子般的但又复杂的天真,一种好玩的无理性,被施莱格尔称为"错误、疯狂和单纯的愚蠢"。他认为这就是所有诗

---

① De Man, Paul. *Aesthetic Ideology* [M]. Minneapolis/London: University of Minnesota Press. 1996:177.
② Ibid. p. 179.

歌的源头,用美丽的幻想来替换理性思想的规律。真实的语言就是关于"错误、疯狂和单纯的愚蠢"的语言。但是,由于它只是符号学意义上的实体,向任何符号系统的任意性敞开,并且能够循环传播,因此也非常不可靠。"能指的自由嬉戏充满了双关,尼采式的词源意义上的双关……词语有一种说话的方式,这绝不是你想要让它们说的。"德·曼终于回到了自己要阐述的问题上来:文本成为一个被隔离开的空间,里面寄居着嬉戏的能指符号,它们拆解了叙述的连贯性以及费希特体系下的反省和辩证模式。①

本雅明论述反讽时也看到了反讽具有中断的影响力,具有摧毁的力量、否定的力量,并认为这是辩证中的一个关键时刻,是黑格尔历史辩证法中朝向绝对进程中的一个时刻。反讽里面确实包含着强烈的否定色彩。此外,反讽具有一种施为的能力和作用,它可以起到安慰、允诺、原谅等作用,这在其他的辞格里是看不到的。"一切真正的反讽必然同时产生的……'反讽的反讽',远远不是回归世界,而是通过说明虚构世界和真实世界仍然不可能妥协,来断定并维护它的虚构性质。"②

德·曼最后一次引用施莱格尔的话:"但是不理解(nonunderstanding)是那么邪恶,那么令人讨厌吗"来说明不理解是一种现实,世界本来就是建立在不理解之上的,而是建立在混乱之上的。德·曼最后回到解构的问题上来:任何期望解构也许能够建构的愿望都被施莱格尔关于不理解的理解所悬置,因为建构,或者叙述,无论是在多么先进的层面上,都会被悬置、中断、瓦解。③ 到此为止,德·曼已经将反讽的问题,与自我、历史、辩证、语言、文学与解构紧紧地结合在一起,没有任何的概念可以脱离反讽的遮蔽,因为凡是叙述必是反讽。这也将反讽与寓言两个辞格结合在一起,因为凡是阅读(理解)定是寓言。德·曼所提出的反讽与其对寓言的阐释相似,即把反讽看作与象征对立的文学表达方式。在德·曼

---

① De Man, Paul. *Aesthetic Ideology* [M]. Minneapolis/London: University of Minnesota Press. 1996: 181.
② De Man, Paul. "The Rhetoric of Temporality". Blindness and Insight [M]. 2nd edn. University of Minnesota Press, 1983: 187-228.
③ De Man, Paul. *Aesthetic Ideology* [M]. Minneapolis/London: University of Minnesota Press, 1996: 184-185.

看来,象征的认知特征是统一性以及整体性,而反讽具有"符号与意义相断裂"的特征,具有自相矛盾的逻辑。从这一点来看,反讽与寓言的结构相同。① 此外,反讽与寓言相似的另一个特征是存在于两者之中的时间性。寓言总是蕴含着无法企及的先在性,总是体现为一种过去或者一种未来,并且从中体现出一种连续性;反讽所揭示的不是时间有机性的存在,它所体现出的时间性关系是共时的,即经验式自我和反讽式自我出现在同一时刻,尽管两者是分裂的。两者都不允许总体性的存在。在反讽的结构中,"文学语言的分裂性、非自我认同性以及无限的反省性"一览无余②,这也是为什么不仅在文本与评论之间有着一道鸿沟,批评理解的自身行为也是断裂的。反讽中的辩证正是其最重要的特点,这种辩证是一个无终止的过程,不会导致最后的综合结果。

由于反讽概念所具有的产生意义又消解意义的内涵,德·曼就此宣称所有的语言都有潜在的反讽性质,因为当语词被言说时,会脱离说话人的意图掌控,言其所未想言。这不是可以控制的,这是语言或者文本的固有属性,于是解构也就成为揭示文本或语言内部潜藏的逻辑的断裂,以说明为什么意义脱离了作者本意的行为,简单地说,就是阐释反讽的行为。而对于反讽的读者来说,"相信之中总是伴随着另一种信心,即他所相信的不是全部;在理解中总是有更多更远的东西要去理解。"③反讽已经脱离纯粹修辞格的层面,成为一种特征、一种艺术形式、美学概念,其内涵通过不断的认识和界定获得延展。"反讽是'清醒的疯狂',即使在异化的极端阶段,也允许语言占据优势",当然也可以视其为"在自我由于异化而丧失自己时的一剂良方"。④ "反讽的概念"是施莱格尔的用法,德·曼当然要在这个表达上面加上引号,因为概念是什么?概念是对某一事物的界定,但是解构视野下的事物是不能够被界定的,这是因为符号能指所指的任意性,因为语言的隐喻性,因为不可理解性。界

---

① De Man, Paul. *Blindness and Insight* [M]. London:Routledge,1989:209.
② Norris, Christopher. *Deconstruction and the Interests of Theory* [M]. London: Pinter Publisher, 1988:163.
③ Ray, William. *Literary Meaning: From Phenomenology to Deconstruction* [M]. Oxford:Basil Blackwell,1984:188.
④ 德·曼.解构之图[M].李自修译.北京:中国社会科学出版社,1998:36.

定的过程必是一个判断的过程,必须是"是"的过程,判断就涉及属性的流动,因此,对反讽概念的界定本身就是反讽性质的。但是,具有反讽意味的是,德·曼的分析形成了一种他所反对的整体化——用反讽来认知和施为的隐喻化。

德·曼的解构是从内向外的解构,因为解构批评家一直认为解构的契机就存在于文本内部,是文本内部的"墙角石",因此,通过细读找寻潜藏在文本内部的修辞结构,进而将其解构就是德·曼的任务。这就意味着,从操作层面上,他首先要找出文本的结构,也就是说,当解构宣称所有的文本都是阅读的寓言,没有固定的意义的时候,使解构运作可以开始的第一步就是在文章中找到一个意义或中心或结构,并以此为出发点和支撑点来着手解构之旅。这本身就是对解构的解构,即解构之前必须要先建立一个结构,解构批评要完成的第一个任务是建构。这个过程也可以说明为什么解构批评家尤其是德·曼针对的文本都是具体的,因为这个所谓具有意义的文本作为出发点是重要的,其重要性在于解构要通过对文本中的结构和意义的解读才能收获效果。但是,德·曼的结论是综合性的,这一点也颇具反讽效果。他总是能够将在具体文本中进行解构的策略直接用貌似客观的语言推向更广义的文本。也许,德·曼认为他所分析阐释解构的文本是极具代表性的,无论是卢梭、普鲁斯特、里尔克等等都是哲学、文学界的翘楚,对他们的解构就意味着对所有文学家和哲学家的解构,意味着对所有文本的解构,因为解构自有一套思维策略。但是,我们发现德·曼的解构策略是如此的个性化,而且我们绝对猜不出德·曼是在何处找到了一个文本可以开始解构的地方,或者也可以说,每个读者或者批评者都可以以自己的方式找到文本中的断裂之处,当然,这要基于他们要有极强的解构意识———旦发现自己要对文本的意义进行综合性、总体性理解的时候,就做好开始解构的第一步,因为他们要告诉自己的是,这是一个阅读的寓言,不应该对文本产生这样的综合意识。读者应该调动所有修辞方面的知识,怀有极强的警戒意识,不被文本的统一假象所迷惑,而是应该小心地注意到它的断裂之处。

随着德·曼对修辞格的分析与阐释,我们看到的是修辞完全超越了传统意义上转义修辞以及劝说修辞的最初作用,而是将修辞的发展在整个历史的、现实的、哲学的、文学的、修辞学、语言学以及符号学的意义上进行展开,这不但展示了一位西方文学批评家的理论素养,也在很大程度上给我们勾勒出了一幅19世纪与20世纪的文学哲学发展图景,以及解构能够横空出世的真正缘由。修辞解构策略只是针对一部分在文学史上相当时期出现的术语的阐释,尤其针对的是当时科学、哲学、文学领域各方面的发展成果。在对修辞格意向性的发展和深入挖掘方面,德·曼从文学批评的角度发挥了很大的作用,产生了德·曼式的独特洞见,德·曼曾经提到修辞的空间巨大,还有很多的工作可以做,这确实也是现代修辞批评的一个方向,但是似乎语言学的学者研究比较多,鉴于修辞是文学的本质成分(无论是柏拉图意义上的还是德·曼意义上的),作为文学研究的学者也应该对修辞作进一步的理解,因为修辞的现象反映的并不仅仅是美学层面的问题,它与文学史的发展紧密相关。而解构的思维也应该是我们在阅读的时候应该具有的一种存疑精神。

第三节　劝说修辞——一种言语行为

　　劝说修辞与辞格修辞既然是德·曼修辞解构策略的两大基础,那么在对德·曼的辞格修辞所做的详细的解读之后,我们还是要将目光转到对劝说修辞的关注上来。劝说修辞一直是古典修辞学的中心内容,因为亚里士多德对修辞的定义首先就是一种劝说的艺术,从这一定义就可以看出修辞学表明一种言语行为。本节所要阐释的就是德·曼如何通过言语行为的语用学观点来达到对劝说修辞的阐释的。德·曼将哲学文本中的劝说修辞与奥斯汀的言语行为理论结合起来,通过分析哲学文本中概念和逻辑的发生行为对其进行了解构。

　　亚氏修辞学的内容主要是演说,对象是观众,所以他提出在演说中要运用理念(logos)来阐释事物的本质、人品(ethos)的可信度以及情感(pathos)——对观众情感和态度的把握,这样才可以使演说具有说服力。特别值得注意的是他对修辞学与辩证法关系的论述,提出修辞学是辩证法的对应部分:辩证法运用的是逻辑的三段论证,而修辞学运用的是修辞的三段论证,或者说叫做推理论证。"修辞式'证明'就是'修辞式推论',一般说来,这是最有效力的或然性证明……修辞术与论辩术一样,采用归纳法以及真正的和假冒的三段论法来提出真正的和假冒的论证……修辞式三段论的前提很少是有必然性的……"① 这段话说明:辩证法与逻辑必然相对,而修辞术与推论及或然性相对。"辩证法追求的是知识(episteme),修辞学追求的是舆论(doxa)。"② 修辞论证的目的是针对或然性,论证的是对问题的可能性以及最终的判断。虽然两者之间似乎有着本质的不同,但是由于"辩证法中有一分支是研究'选择与回避'",③ 而这正是修辞学要研究的对象,所以辩证法在这一点上与修辞是重合的,这就使得修辞与哲学联系起来,也使得修辞具有了辩证法意义上的认知功能。

言语行为理论是英国哲学家奥斯汀(J. L. Austin)在20世纪50年代末60年代初提出来的,奥斯汀假设人类交际的基本单位是完成一定的行为,如陈述、命令、请求、祝贺等等,于是提出言语行为理论(Speech Act Theory)的基本思想就是"言即行",所以对语言交际的研究要从语用的角度入手。言即行的观点是对人类语言活动本质性的阐释,对语言学的研究颇有影响,成为语用学研究的重要哲学基础。奥斯汀早期曾将陈述分为两大类:言有所述或称表述性(constatives)以及言有所为或称述行性(performatives),而后又将这一理论发展成为最有影响的言语行为理论。该理论对言语行为进行了区分:言内行为(locutionary act)、言外行为(illocutionary act)以及言后行为(perlocutionary act)。举例来说:

言内行为:他向我说:"向她射击。"(其意义就是本身的"射击"以及"她")

言外行为:他怂恿我(或者是建议我或是命令我)向她射击。

---

① 亚里士多德. 修辞学[M]. 罗念生译. 北京:生活·读书·新知三联书店,1991:23—27.
② 莫里斯·内坦森. 修辞的范围. 顾宝桐译. 当代西方修辞学:演讲与话语批评[C]. 常昌富等译. 北京:中国社会科学出版社,1998:200.
③ 理查·德威弗. 伦理与修辞. 当代西方修辞学:演讲与话语批评[C]. 常昌富等译. 北京:中国社会科学出版社,1998:204.

言后行为：他劝我杀死她。①

从上面的例子可以看出：言内行为是指通过音位、词汇以及句子来表达字面意义的行为。言外行为是指表达言说者在言说时实施意图的行为。言后行为是指言说的话语产生的后果。② 虽然言语行为被分化开来，但是三种行为实际上是同时完成的。其中，言内行为属于语言体系本身的范围之内，而言外行为要取决于约定俗成，而言后行为则取决于语境。在奥斯汀之后，美国语言哲学家塞尔对言语行为进行了更为深入的探讨，尤其是对言语行为间接指令进行了细致的分类，但是由于过于复杂，与德·曼解构研究关系不大，在此暂且不论。

德·曼要思考的文学是如何以言行事的，看劝说修辞是如何以言行事的，也就是在思考文学意义的发生过程。不过这个理论所要论说的不是概念性的修辞格，而是对效果进行强调的行为，重要的是言语如何"行事"。这里存在着这样几个前提：其一、不考察言语与外部的指涉关系，而是考察作为独立于作者的文本中言语起到的效果的问题；其二、由于言外行为表达了意图，就必然要求以集体规约或者说约定俗成的语言对它进行理解。前一个前提对于解构批评者来讲还不是问题，但是后一个就是问题了，因为它涉及约定俗成的语言。如果对德·曼对符号学和语言学的理解有一定的背景知识，这个"约定俗成"就会提醒我们它本质上的不可靠，因为在德·曼看来，符号对事物的指涉关系，也就是"词与物之间的关系"就不是现象性的，而是约定俗成的。这种"约定俗成"在德·曼看来就是不可靠的，它并没有反映本质，所以在这一层面上，言外行为已经在本质上就不可靠了。言语行为与语法之间的关系确实存在着一些连续性，比如命令、疑问、否认、假设等表示言外的行为就与句法中的祈使句、疑问句、否定句和表示愿望的假设句相对应，似乎"语法示言外之意的领域和修辞学收言后之果的领域这两者之间的连续性，就是不证自明的。于是，它便成为一种新修辞学的基础，这种修辞，恰如在托

---

① Austin, J. L. *How to Do Things with Words* [M]. Oxford: The Clarendon Press, 1962: 101.
② Levinson, Stephen C. *Pragmatics* [M]. Beijing: Foreign Language Teaching and Research Press, 2001: 226-256.

多罗夫和热奈特那里一样,也成了一种新语法。"[1] 从这句话里可以看出德·曼要表达的是结构主义批评家使用符号学的时候强调的是语法(或者是句法)结构与修辞学结构的共同使用,但是正如他们将这种"新修辞学"变为了"新语法",他们将语法与修辞之间的差异再一次抹消了,修辞在语法转换、生成系统的统领下成为为语法服务的亚模式。然而,解构拒斥的就是这种统一性,重点关注的就是这种统一是如何造成的,修辞与语法的差异到底在哪里,并在肯尼思·伯克那里找到了相同的观点,因为后者坚持认为语法和修辞学之间具有差异。

德·曼在《说服的修辞学(尼采)》里将劝说修辞与言语行为理论里面的以言行事联系在一起,但是得出的结论是以言行事由文本中的辞格给解构掉了,这一结论是通过取消哲学之于文学的优越性而得来的。德·曼从尼采对亚里士多德矛盾律的分析中入手,将哲学中的言语行为进行了解构。亚里士多德认为矛盾律是最可靠的原则,因为人们似乎可以断言相互矛盾的属性不能共存于一个实体之中。从经验的角度讲,似乎这个原则是十分可信并且可以依赖的。但是尼采反驳了这种被经验认为是正确的原则,他提出的一个问题是:决定矛盾律的先决条件是什么?是从经验角度对逻辑的确信。然而逻辑是否是真实存在的标准?答案是否定的:逻辑只是我们为了达到判断而创造的假设的真实,是使现实世界更易于理解和把握的假设真实,是将形而上的世界当作了真实世界。矛盾律所断言的规律是一种命令,是一种不折不扣的言语事实和言语行为,并且是强制性的言语行为。这种用语言断言实体的判断性句子假定了同一性的原则,形而上的世界与真实世界的对立变成了断定和假定之间的对立、可能性与必然性的对立。这个言语事实所呈现的言外之意就是该命题是真实的,言后的效果就是相信它的真实性,将它当作一个真理。尼采对这一言语行为的解构来自对真实世界以及实体的追溯。人对实体的感觉首先来自对实体某一或某些属性或特征的感知(见《隐喻认识论》),继而又将对实体属性或者特征的感知代替了对实体本身的

---

[1] De Man, Paul. *Allegories of Reading* [M]. New Haven and London: Yale University Press, 1979:9.

感知,这是转喻性质的。但是当感知转化成概念的时候,就成为隐喻性质的。"概念对矛盾的消除出自这样一种信念……概念不仅表示事物的本质,而且理解这个本质……"① 这句话中概念既拥有本质,又拥有对本质的理解,概念化就成为符号论对所指的实体模式进行替代的辞格。从实体到对实体的感觉再到概念,形成了从转喻到隐喻的一系列替代,从偶然性到必然性的替代,所以,概念化不是对真实世界的反映,是一种假定,一种可能性。而概念化又是认识的最重要手段,因此,尼采总结认识是在修辞置换基础上的一种假定,是一种言语行为,并不具有真值意义,不可能达到对本体论的认识。

通过上述分析可以看出矛盾律作为认识的原则,并不能代表真实的标准,而只能是真实的"命令",对这一认识的认识并不是要承认矛盾的属性同存在于一个实体中,而是否定对这一命题的肯定,因为这一逻辑所依赖的是先在的假设行为,而"假设"这个词意味着人们需要充分关注它的推论权力有多大。语言的命令不能代表逻辑的真实性。德·曼认为"基于同一性原则基础上的文本确立了言语行为普通的语言模式,尽管文本取消了它的认识论权利并且证明了它无法执行这一言语行为……在尼采这里,对形而上学的批判可以描述成对一种假象的解构:对真理(认识)语言可以被劝说(舆论)语言替代的假象的解构。"② 在此,句子的逻辑和语法结构只能确保"(句子)具有较好的形式",却无力决定在涉及某一方面事物的时候句子是否真实"。言语行为的断言性在形而上学逻辑里的虚假性已经被彻底取消,因为它不再具有认识能力,而是只有假设的能力,但是在此处对语言行为的可能性仍然有所保留。

德·曼对拟人论(anthropomorphism)的分析可以使我们看到尼采的转义修辞解构了劝说修辞中的言语行为。德·曼在论述抒情诗中的转义辞格时曾举了两个关于认识与修辞联结在一起的典型例子:一个就是济慈关于"美即是真,真即是美"的诗句,另一个类似就是尼采那句著名的关于语言是修辞大军的比喻。德·曼对尼采的这句话进行了言语行

---

① De Man, Paul. *Allegories of Reading* [M]. New Haven and London: Yale University Press, 1979: 122-123.
② Ibid., pp. 129-130.

为的解构。尼采说:"什么是真理? 真理是一支活着的隐喻、转喻和拟人法的大军……"① 这句话虽然通过谓语"是"的连接对主语进行了判断,但是这并不是规范性的定义,而只是一种结构性的定义,是通过判断性的结构将主语与宾语进行了同化。从言语行为理论的角度讲,说真理是一个修辞格就是说明真理只是陈述命题的可能性,说真理是几个不同的修辞格是说真理通过无数不同命题来进行定义的可能性。从语法的角度看,真理是转义修辞这一命题并没有内在的断裂性,这里面确实涉及了一种认同。转喻与隐喻这样的辞格转换暂且不谈,拟人的引入是相当值得玩味的。因为拟人与隐喻以及转喻的辞格不同,它们是相互排斥的,拟人是赋予其他非人类的物质以人类的特征,它不仅仅是个辞格,它还是在物质(实体)层面上的认同,如同一个专有名词一样。于是,"真理就由两种互不相容的判断而定义下来:要么真理就是一套命题的组合,要么真理就是一个专有名词。"② 然而,当我们阅读这一定义的时候似乎没有觉得什么不妥或者断裂感,似乎从隐喻与转喻到拟人的语法延展使拟人看上去就像是与前两者在结构上相似的辞格。从辞格到命名的障碍尽管容易跨越,但是要将这一个过程进行逆向回溯就不可行了,这一点是显而易见的。"真理是一个修辞格;修辞格生成了一个标准或者价值;这一价值或者意识形态不再是真实的。真实的是转义修辞是意识形态的生产者,而意识形态是不真实的。"③

在德·曼看来,将真理说成是大军很有误导性,并不是说真理率领着众多的修辞格去与谬误进行战斗,因为对于尼采来讲,真理只是对谬误的否定性了解。真理所征战的不是谬误而是愚蠢,即在明明是错的情况下却相信自己是对的。如果这句话具有认知意义上的连续性的话,那么对于德·曼来讲,它不是指转义修辞既非真实也非虚假,或二者兼而有之,而是暗示转义修辞的效果或者有效性不在其判断性而在于其拥有的力量。这力量不依赖于认知论的规定,但是却拥有认识论的力量以及

---

① De Man, Paul. *The Rhetoric of Romanticism* [M]. New York: Columbia University Press, 1984: 239.
② Ibid., p. 241.
③ Ibid., p. 242.

策略的力量。该句话"承认认知论与修辞的同谋,真理与转义修辞的同谋"①,这一分析将真理、认识论与修辞的关系揭示出来。然而对这一认识的理解是首先来自尼采的言语行为,其将真理用修辞来表述和定义的事实,其言内行为无可厚非,但其言外行为,其意图是复杂的,所收到的言后之果也是颇令人瞠目结舌的。如果从这一描述或者定义本身来看,真理被转义修辞所替换这本身就是隐喻性质的,也就是说,此言语行为也被本身是修辞的假设断定所解构了。在这中间,我们发现分析和阐释使我们达到了认识上的某一个点,但是似乎又在某一点上又否认了这个认识。我们在此处又与德·曼的反讽相逢。

德·曼对尼采关于真理是转义修辞"大军"的分析让人印象颇为深刻,因为对这句话的分析阐释让我们对尼采和传承了尼采精神的德·曼的语言学和逻辑学的分析有了更加深入的了解,然而,德·曼在分析这句话当中的洞见来自他将"军队"理解成为"力量",这种巧妙的置换,或者说阅读行为就是德·曼作为阅读者的理解,也就是说,解构式的批评还是首先建立在一种自我主观解读的基础上,从这一点上来说,虽然解构已经充分注意到语言的不可靠性,但是因为解构仍然要依靠语言这一体系来运作自己的批评实践,那么它就无法脱离语言所包含的修辞维度,解构批评者的理解也无法脱离自己的阐释意图。德·曼自身的言语行为也被语言中的转义修辞所置换掉了,从这一意义上讲,德·曼所得出的结论也是相对的。

到此为止,德·曼对言语行为理论的探讨似乎还仅限于劝说修辞所涉及的哲学和认识论层面,但是,解构策略所涉及的文学与哲学的二元对立已经可以使我们能够感知德·曼的意图所在:相对于文学,哲学并不是高高在上的以真理和认识的姿态出现的权威,它的虚假性表现在它比文学看上去要理性以及富有逻辑,但是无论如何,哲学是靠语言行走的,是靠语言表述的,是靠语言来认知的,语言的不可靠揭示了哲学的不可靠。哲学不是真理的代名词,文学也不是虚假的代名词,哲学由于语

---

① De Man, Paul. *The Rhetoric of Romanticism* [M]. New York: Columbia University Press, 1984: 243.

言的不可靠性被包含在文学当中。奥斯汀的言语行为理论虽然突出了语言符号自身的力量,并再一次将语言的指涉功能悬置了起来,但是语言对客观事物替代的隐喻本质,使表述语言也无法传递所谓的真理,言外行为以及言后之效仍然不能脱离其言内行为的基础,而这个基础是转义修辞的控制范围,一定在语言诞生之时就埋藏着解构种子的破坏力量。这样说来,相对于哲学的文学就代表了一种最高层面的虚构性,对文学的解读更是存在着诸多的断裂。通过这样的分析和阐释,德·曼得出结论:对文本的阅读(理解)必然是不可能的,只是阅读的寓言。

德·曼因此总结说"修辞学是一个文本,因为它允许两种不相容的、互相自我毁灭的观点存在……如果对形而上学的批判是由行为语言和表述语言的疑难构造而成的话,那么就相当于说它就是修辞构造成的。如果要保存'文学'这个术语,就应该毫不犹豫地将文学比作修辞学……"① 这样看来,所有的话语都是述行的,即言有所为的话语。但是,由于语言固有的修辞特性(转义修辞的特性)对述行行为的拆解,这一述行的行为永远也达不到目的。卡勒曾经评价说:"在德·曼看来,没有必要为语言述行性或者文学述行性而欢呼。我们能确定的是,文学可能比哲学更清醒地意识到话语述行性和表述性之间不可判定的关系。"②

德·曼式的解构修辞策略包含了实质上是尼采式的修辞学策略,但是他找到了符号学和语言学、语用学作为支撑,通过对文本的语言做科学式的考察来达到解构文本的目的。德·曼式解构涉及了对修辞格和劝说修辞的语言学阐释,将对修辞的认识提升到了一个新的高度。传统意义上以语法为主的对于作品的研究曾经作为一个约定俗成的原则为人所用,这个体系也确实维护了理论和现象之间的连续性。但是,当修辞不再以从属于语法的身份出现时,就会发现,两者之间的关系是不确定的,两者之间生成的张力使阅读变得复杂起来。

---

① De Man, Paul. *Allegories of Reading* [M]. New Haven and London: Yale University Press, 1979: 131.
② Culler, Jonathan. The Fortunes of the Performative in Literary and Cultural Theory [J]. *Literature and Psychology*, 1999 (1/2): 7-28.

文本的修辞性由原来对语法的补充变成了文本的内在属性,并在几个层面上显现出来。首先体现在词语与事物之间,作品与外在现实之间无法一一对应,只是隐喻的表达方式;其次,文本的语法并不稳定,总是受到修辞的干扰,因此不能传达某种确定的意义;再次,对于阅读者来说,尤其是对于批评者来说,就不能将文学视为透明的信息,而是应该有这种语言学的自觉性,继而警惕修辞对语法的拆解。除此之外,当阅读者或者批评者注意到语用的方式和语义功能,比如说注意到言语行为的话,就更不能仅凭语法就界定了文本的意义。"修辞,凭借它与语法和逻辑的积极否定关系,自然也消除了三学科(推而广之,语言)是认识论上稳定建构的论断……既然语法和比喻方式是阅读的构成部分,阅读就必然是一种否定过程,在此过程中,语法认知无时无刻不在被其修辞置换所消除。"① 德·曼从阅读(批评)的角度出发,认为同时代批评家在阅读中为了达到对意义的阐释,摒弃了对认知性言语行为的把握。

解构思维是创造性的,德·曼对语言、符号甚至修辞的认知以及对文本施行的解构都是有意义的,但是当德·曼将修辞放在聚光灯下,并对此进行放大认识的时候,作为文本内部一部分的语法的相对稳定性被缩小了。所以,我们理解德·曼的修辞解构策略首先在于它给予我们的洞见,这洞见确实弥补了人们对语言,尤其是修辞对于文学、文学理论以及认知的意义,但是我们不禁要提出一个问题:究竟在什么程度上或者层面上,修辞与语法是相容的?如果修辞与语法毫不相容,那么我们甚至连德·曼的解构文本也不能阅读。虽然德·曼认为阅读就是不可读的寓言,但是德·曼的初衷绝对不是让我们不再阅读,德·曼在修辞阅读上矫枉过正的原因就是想让我们真正意识到修辞的重要性。

---

① De Man, Paul. *The Resistance to Theory* [M]. Minneapolis:University of Minnesota Press. 1986:17.

第六章

保罗·德·曼修辞解构策略的洞见与盲点

沃尔夫冈·伊瑟尔在谈到理论模式的时候说:"每一个理论都将艺术纳入一种认知框架之下,而这一框架又必然对作品的理解加以限制。一种概念所遗漏的方面,往往会被另一种方法所吸纳,而后者当然又会产生本身的局限……艺术拒绝转变成认知,因为它超越了所有的界限、指涉以及期待。结果,它激发起进行理解的认知努力,但同时也超越了所运用的认知框架的局限。这种双重性经艺术转变成了一种经验现实,但对这种经验现实来说,认知探求却又是必不可少的。"[①] 也许对于德·曼来说,伊瑟尔的说法有些保守了,作为文本(包括文学文本,也包括哲学文本)分析的策略,德·曼解构思想的目标在相当的程度上就是认知或者说是对传统认知方式的清理,这一点通过他对尼采、卢梭、黑格尔等人的大量阅读以及批评阐释可以清晰得见。德·曼不会天真到认为可以通过解构思想的几篇文章就对传统的形而上学做系统的拆解,但是从修辞角度阐发的解构策略确实在一定意义上动摇了传统的形而上学大

---

① 沃尔夫冈·伊瑟尔. 怎样做理论[M]. 朱刚等译. 南京:南京大学出版社,2008:8.

厦。德·曼给自己定位为批评语言学家,回归语文学也是他对文学批评的一个建议,这是因为解构的对象是文本,而工具就是语言,包含了"语法、逻辑以及修辞学"的语言,隐喻认识的语言。回到作为解构的文学批评,我们看到的是德·曼将文本用其独特的修辞方式进行了解构,使文本摆脱了对确定意义的追寻而成为一个开放的空间,而这个策略实际上也是发出了对它自身(解构文本)展开批评的邀请。

第一节　保罗·德·曼的洞见

1. 被遮蔽事物的读解

伊瑟尔认为:"在解构主义中,差异赫然呈现,任何事物的内部和外部都存在差异,因为现象具有差别性的结构,每一种现象都与其他现象不同。这是由于现象并不来源于自身。因此,其本源被无限期延迟下去,因为每一种现象都被它自身的他者所占据。从根本上说,解构主义就是一种试图解释被遮蔽事物的解读方法。昭示缺在的事物就能够使我们洞察每种现象无穷无尽的依赖性。"①

德·曼对于修辞的认识和以修辞来解构的策略在很大层面上揭开了语言符号以及修辞学被遮蔽的事实,因此他早已对事物被遮蔽的方式进行了解释:首先,他通过符号学将能指与所指分离开来使语言摆脱了指涉的限制,使文本成为语言自足自律的世界,这样文本就成为语言的文本,具有德·曼意义上的真正文学性的文本。德·曼将文本中的终极确定意义消解掉,将其理解为能指符号的流动和意义的置换,于是解构批评就卸去了寻找意义的负担。德·曼能够从阅读中找到潜藏在文本之下的修辞结构和非逻辑线索,继而对文本进行解构,这是对意义逻各

---

① 沃尔夫冈·伊瑟尔. 怎样做理论[M]. 朱刚等译. 南京:南京大学出版社,2008:195.

斯的反驳。德·曼将这种对文本的解读比作"学会**阅读**绘画,而不是**想象**意义。"① 也就是说,将作品当作文本来看,而不是将它与阅读者的出发点结合在一起来看。这一点不仅表现在文学文本中,也表现在哲学文本中,表现在意识形态中,这是从符号学的理论前提得出的解构的结果和洞见。

其次,德·曼通过修辞的语言学、符号学以及哲学角度的深入研究展示了其修辞的认识和洞见。从修辞的角度讲,古希腊的修辞在柏拉图的口中还只是一种技艺的代表,被贬低在哲学之下,但是按照解构的逻辑,修辞并不仅是一种技艺那么简单,而是自始至终都贯穿在思考和写作的始终,文学文本并不讳言自己的修辞性,因为修辞性在德·曼的认识中就是文学之文学性,而被认为呈现真理的哲学其实质也是和文学一样的文本,修辞性是从语言诞生之初就伴随而来的,没有文本可以逃掉修辞的掌控,认知这样的人类活动无不是在修辞的笼罩之下进行的。哲学与文学的二元对立是这样被修辞解构掉的,代表着西方形而上姿态的逻各斯中心主义也就这样被消解了。德·曼对尼采的修辞学观,甚至解构思想的继承是有目共睹的,因此,这里面有关辞格以及劝说修辞的分析和阐述完全可以看作是德·曼对于尼采修辞学理论所做的现代语言学意义上的注脚。德·曼从语言学、语用学以及符号学的研究对修辞的阐释使修辞的一部分内涵被扩大和深化了,而另一部分内涵却被缩小了,比如隐喻成为了替代的代名词,而涉及替代的修辞格都划归成了隐喻。转义修辞由原来作为语法构成的一部分并协助劝说修辞来完成其言后之果的语义手段变成了从根本上解构这一语言行为的手段。不过德·曼在解构策略中的贡献则来自对转义修辞和劝说修辞所做的现代意义上的解析和用辞格解构的方式将文本完全开放,这是德·曼修辞研究的洞见。

德·曼从对语法与修辞的矛盾的探讨直到对转义修辞的认识,从对象征的同一性的解构到隐喻辞格的认识论,一直到文本的不可读性的寓言以及所有叙述内的反讽,将转义修辞的另类特质解析出来,充分挖掘

---

① De Man, Paul. *The Resistance to Theory* [M]. Minneapolis: The University of Minnesota Press, 1986: 5.

了这些修辞手法背后的深刻内涵和思维方式。象征与寓言对立的瓦解，对前者优于后者的颠覆，实质上揭示了浪漫主义文学与"寓言"文学对立的瓦解，这里的寓言当然是德·曼意义上的寓言，即与浪漫主义通过想象力追求统一性和同一性相对的文学，揭示差异和断裂的文学。"……辞格和说服力，或者说与之并不完全等同的认知语言和行为语言的带有分裂性地夹杂在一起。"① 德·曼通过对认知修辞与行为修辞的认识和分析给我们呈现出他的解构策略其实是在亚里士多德修辞学对修辞的分类基础上，在尼采修辞观的影响下，在修辞学与现代语言学整合之后的对修辞的再认识。这一认识的背后是思维的发展、哲学的发展、语言学的发展以及修辞学的发展所带来的对文学批评的反思，或者更确切地说，是对文本意义产生方式的重新推导和认识。

2. 不可读的寓言

德·曼式解构摆脱了文本解读的思想史和文学史范畴，甚至也摆脱了哲学史的范畴，只以文本为最初和最终的对象。它没有一套预设的或者是既定的理论体系，然而却有一个中心主题贯穿其中，那就是所有的文本都是一种寓言式的表达或者说是一种反讽式的表达，也就是说，所有的文本都存在着表达和阐释意义之间的鸿沟——自相矛盾的特性。按照德·曼的观点，阅读（理解）是不可能的，这从几个层面可以解释：首先，符号是对客观事物的隐喻替代，因此读者也就永远不会在真正意义上产生理解；其次，符号能指与所指的任意性关系使文本总是处于一种差异的动态关系中，阅读甚至无法抓住能指的确定意义从而达到对能指的真正解读；再次，转义修辞总是在对语法意义的破坏中使意义产生断裂和悬置，转义修辞与言语行为的矛盾也产生同样的结果，这使阅读（理解）行为无法达到传统意义上的确定意义，造成了文本的不可读，这就是阅读的寓言，阅读的不可能的寓言。德·曼这种激进的修辞理论确实在

---

① De Man, Paul. *Allegories of Reading* [M]. New Haven and London: Yale University Press, 1979: ix.

很大程度上扩大了修辞的内涵。然而,德·曼自己也是在语法和修辞的范围内书写,也是有着自己的逻辑和辩证法,有着自己的指向性(虽然解构强调"文本解构自身"),有着德·曼式的修辞方式,在细读德·曼的文本之后,我们也可以对其进行认识和解构。

从象征的伪统一性到隐喻的替代性认知,到寓言对差异性的强调以及文本不可读的现实,再到反讽的分裂性、非自我认同以及无限的反省性,德·曼对这几个修辞格的特征和内涵的挖掘使符号和文本的复杂性被揭示出来。修辞性阅读就是揭示文本不可读的寓言以及不可读的反讽。对哲学以及文学史的解构也是一样。回到德·曼对于文学史划分的问题,就可以看出,德·曼通过对浪漫主义象征的解构和对浪漫主义里存在的寓言地位的分析达成了对文学史划分的批评:旨在以某一特殊的特征来划分文学史是过分简单的,应该关注到文学的复杂性。德·曼对寓言和反讽的诠释则完全是对新批评阅读策略以及结构主义的解构。当新批评将文本看成有机的整体来加以阐释的时候,寓言和反讽的逻辑已经完全将文本的意义悬置起来。文本在前行中不断揭示自身意义的分裂。詹明信说:"解构把文本改写成它本身不可能存在的故事,改写成它无法从自身具有无限再生能力的'自相矛盾'和修辞手段引出单一意义的故事……我们应该尊重寓言的精神,而不是拒绝接受它。寓言式的重写可以打开许多解释的层次,它实质上是一种多种主题的重写。德里达的'方法'只有回到寓言的多种层次上以及多种主题上(心理分析的、社会的、技术的等)才有解放的力量。"① 解构思想的资深评论家乔纳森·卡勒(Jonathan Culler)还为解构找到了一个新的阅读领域:"解构阅读也能在一个互文空间里展开,那里它的目标变得更为明晰,即不是揭示某一特定作品的意义,而是开拓反复出现在阅读和文字中的各种力量和结构了。"②

---

① 詹明信. 晚期资本主义的文化逻辑[M]. 张旭东编,陈清桥等译. 北京:生活·读书·新知三联书店,1997:330—331.
② 乔纳森·卡勒.论解构[M]. 陆扬译. 北京:中国社会科学出版社,1998:237.

第二节 保罗·德·曼的盲点

如果批评德·曼的修辞解构策略远离了历史、作者以及现实等诸多方面,那实在是对德·曼的理论要求有些苛刻了。每一种文学批评方式都具有自身的理论前提,是一个视角,毕竟目前还很难设想会有一个包含着所有理论视角的理论出现。德·曼的文本阅读策略是将文学当作一种语文学(科学)来界定和研究的,换言之,他首先要界定其解构文本的基础,那就是将文本视为文本本身,对其进行从语言学角度的内在研究,以呈现其解构自身的特征和方式。德·曼批评那些抵制解构理论的人:"对于理论的抵制,是对使用关于语言的语言的抵制。因为也是对语言本身的抵制,或者是对于语言蕴含着无法简约为直觉的因素或者功能之可能性的抵制。"① 解构是一种批评的思维和方法,这一前提有助于将批评聚焦于文本自身以及符号自身,甚或是方法自身,这是德·曼解构策略的重要理论前提,因而不应该遭到过分的指责与诟病。但是解构实践还是有盲点的,而且盲点就在德·曼对文本进行解构产生洞见之时。

1. 卢梭的"丝带"——隐喻替代与言语行为

德·曼在文本中经常提到德里达、尼采、卢梭这些具有修辞意识的批评家,他们对自己的文本和表达本身都有解构的意识,德·曼汲取了他们思想的养分,充分注意到了文本中的修辞以及修辞与语法和逻辑的断裂。当然,他的文本其实非常清楚地显现出隐喻那种替代的痕迹,因此很容易被解构掉。但是解构不是销毁,指涉义尚存。解构思路、策略尚存。作为解构的残留物的具有指涉意义的文本指向了某处,这给我们

---

① De Man, Paul. *The Resistance to Theory* [M]. Minneapolis: The University of Minnesota Press. 1986: 12-13.

一个明确的意义，告诉我们文本在某一点上是可以被松动的，因而不像表面上看上去那么稳定。德·曼式的解构总是先要在文本中找到一个结构、一个辞格，或者一种言语行为，然后再着手去解构，这意味着解构在阅读之前已经预设了这一结构，就像在建筑之前就知道哪里有一块会松动的墙角石。

这里就以德·曼对《辩解〈忏悔录〉》里面对卢梭文本的解构为例。《忏悔录》是卢梭最具代表性的作品，文中讲述了一个关于欺骗的片段：卢梭受雇做仆人的时候，曾经偷窃过一条"粉红银白相间的丝带"，被发现时，他诬陷一位叫做玛丽永的年轻女仆为了引诱他送给他的，后来两个人都被辞退了。卢梭对于这件事情的忏悔就体现在他将这件事情写在《忏悔录》里向别人昭示自己在良心上对自己的谴责。在这里，德·曼将围绕丝带形成的偷窃故事解说成一系列能指和所指转化的故事：丝带被认为是一个充满魅力的能指，后来因为离开主人成为了一个无依附的能指，德·曼认为这丝带指代着卢梭对玛丽永的欲望，它是欲望的替代品，而由于欲望的对象是玛丽永，所以也可以指代她，于是，丝带就把两个人由欲望而联系起来。由于对卢梭来讲，可易性是爱的条件，所以，丝带也代表着卢梭对玛丽永的可替代性，因此丝带可以指代这两人彼此间相互流动着的欲望。这样，这一事件就成为一连串隐喻话语实践，它证明了卢梭之所以犯下偷窃的罪行，而且诬赖是玛丽永干的，说是她给了他这条丝带，正是因为卢梭想把这个丝带给她。卢梭似乎通过德·曼所解释的能指隐喻链达到了一种辩解：正是因为卢梭喜欢玛丽永，才最后将盗窃丝带的罪名加在了她的身上。丝带成为了一个任意的能指，或者是能指的隐喻链的一个中心，通过它可以随心所欲地流向任何一个替代品。为了理解卢梭的忏悔与辩解，德·曼以语言的隐喻行为替代了卢梭的心理行为，这个隐喻行为是为了达到解构卢梭的目的而进行的结构行为。解构为了达到解构的目的，总是要先在文本中寻找一个结构，这一点无可厚非，但是在对卢梭忏悔丝带的事件阐释上，结构是德·曼建立起来的，语言建立起结构的事实似乎让我们相信这是卢梭的本意，但是这无疑暴露了德·曼的意图。德·曼式的隐喻从符号替代物质这一点上就已经显得很激进了，但是至少语言内部机制对隐喻还有一定的规约性。而在以丝带为隐喻的这篇文本中,就可以看出德·曼扩大了语言的指涉范围,将任意的替代都当成隐喻或者任何隐喻都当作替代的行为已经完全走出了逻辑的框架,成为作者利用语言的修辞性来操作语言的自我狂欢。

丝带是欲望的替代品本身不就是德·曼语言所叙述的事实吗?德·曼就这样自信地、聪明地、简略地、确定性地还原出卢梭忏悔的非真实性是一种辩解。但是问题是从什么时候起,在哪一点上德·曼是怎样让人们相信这一隐喻的?为什么"毋宁说,指代着两人彼此间相互流动着的欲望"?为什么是"流动着"?让我们仔细看一看这一段话:"卢梭把这种欲望认同为自己对玛丽永的欲望……也即是想'占有'她。在卢梭所提出的解读方式的这一点上,这种转义是显而易见的,即丝带'代表着'卢梭对玛丽永的欲望,或者,说来完全一样,代表着对玛丽永其人的欲望。或者,毋宁说,它代表着卢梭和玛丽永之间欲望的自由流转……"其中,"即是""显而易见的"已经是一种施为的语言,"毋宁说"这样的表达施为效果更加明显。如果说前面的替代还有转喻性质,那么"它代表着卢梭和玛丽永之间欲望的自由流转"就是德·曼施加在前者之上的隐喻,"欲望"已经变成了"欲望的自由流转"。这不是卢梭的"毋宁说",而是德·曼的,是德·曼在解构卢梭的文本时采用的一种施为的言语行为,这是一种过度诠释,它说的不是关于卢梭的隐喻,是对文本阅读的隐喻,是解构自身的寓言。"它们既是理论又不是理论,是理论之不可能性的普遍理论。"① 这一点也可以用来说明德·曼的解构策略。

我们还可以发现德·曼的用语与卢梭的用语完全不同。比照卢梭在《朱丽叶》或《忏悔录》中所写的"我相信""我认为""我肯定"之类的表达,德·曼的表达显出完全不同的特征,似乎更客观,也显得更肯定,因为他很少用叙述主体的"我"字。按照德·曼的说法来讲,那是一种隐喻,从而造成文本客观的样子,但实际上,叙述者出现不出现都不影响文本是人为创作的事实。因为,文本并不是文本自己的话语,而首先是一种叙述。叙述者在德·曼文本中不出现可以凸显文本自身解构自身的

---

① De Man, Paul, *The Resistance to Theory* [M]. Minneapolis: University of Minnesota Press, 1986: 19.

现实,但是不能掩盖说话主体这一事实。德·曼在其自身的"劝说修辞"中,无数次地略过很多细致的解释而直接达到结论,这一点很多研究者已经注意到了。德·曼经常使用的就是"换句话说",很明显看出,这也是德·曼隐喻替代性结构的一种。这说明德·曼自己的认识也没有或不能逃脱隐喻的认识,因此也一定是有损失的。而如果我们真正理解了他的理论,那么说明他的理论是不成立的:因为那意味着他的文本克服了不可靠的指称意义,从而达成了理解。而如果我们具有他那样的修辞意识,这个结果正说明了修辞像德·曼所说的一样具有认知的功能,所以还是需要我们做更深入的探讨。德·曼的这一盲点是可以被包含在其反讽的逻辑中的,也是德·曼早已经预料到的。然而,德·曼是通过言语行为的施为作用达到这一结果的,这是一种意图通过施为产生的结果,是在施为的主体了解言后之果的情形下发生的。因此,不是文本解构自身,是德·曼在运用语言的行为使其达到的结果。在这点上,德·曼关于文本解构自身的陈述与自己的文本的叙述不符。

2. 德·曼的"猫"——解构的解构

　　从语言学角度阐释和解构文本的策略(理论)受到德·曼同时代一些人的抵制,在表达这种抵制的策略时德·曼写下如下一段话:"要想解除任何一种焦虑所觉察出的危险性,就要通过对它所认为有威胁的东西进行放大或者缩小的方式,通过赋予它以权利索求的方式,尽管它必然要失去这一权利要求,但这是它反复使用的策略。如果把猫叫做老虎,猫就会轻而易举地被当作纸老虎被打发掉;但问题首先是,人们为什么这么怕猫。同样的策略反过来一样生效:把猫叫做老鼠,然后再嘲讽它佯装强大。"[①] 我们可以首先按照解构的思路和策略来理解这一句话:把猫叫做老虎,或者把猫叫做老鼠,"叫做"这个谓语所体现的首先是构成同一性假设的言语行为,其言外行为显示了言语的意图,这就是把猫比

---

① De Man, Paul, *The Resistance to Theory* [M]. Minneapolis: University of Minnesota Press, 1986: 5.

作比它强大的或是弱小的东西,继而收到言后之果:人们感觉到它们之间的不匹配,然后会去将它当作纸老虎打发掉或者当作老鼠来嘲讽。德·曼深谙言语行为的行为能力,通过这样一个比喻的言语行为就将解构的处境展现了出来:解构处在人们的言语行为之下,言语行为可以通过一个言内陈述直接收到放大或者缩小的效果,这是一种强制性效果,它并不反应真理,相反,它通过言外行为随意认可一种观点或者概念,因此暴露了对解构持抵制态度的行为。但是,"人们为什么这么怕猫?"如果我们不按照对语言意义的理解方式去理解句子,那么我们就根本不会理解德·曼要说的究竟是什么。所以我们只好回到传统批评的轨道上来。根据德·曼这段话的语境,猫在这里是对解构理论的比喻,德·曼要说的是解构理论被人为地放大或者缩小,被人为地裁夺,然后对它进行相应的处置:或是不屑一顾,或是加以嘲笑。德·曼要表达的是:人们为什么这么怕解构理论?或者将其转到新批评的角度上来可能看得更为有趣:猫是狡猾的、多命的、危险的,甚至可以是邪恶的,还可以再写出很多形容词来发掘它的内涵以与阐释的行为相应,但是暂时到此为止吧,因为我们对这句话的阅读停留在知道解构的处境就好,否则就成了过度诠释。现在我们终于知道猫指的是什么了,但是在阅读的时候有关阐释的度究竟把握在哪个层面比较好又成了问题。德·曼希望我们了解他这句话的意义吗?答案是肯定的,但是了解它的意义是通过意义可以被了解的传统阅读方式来进行的。到此为止,我们完成的是对德·曼解构阅读的反讽,因为我们在看到德·曼洞见的同时也看到了他的盲点。德·曼的盲点就在于修辞与语法的关系上,将语法意义无限缩小,而将修辞意义无限放大,在此基础上获得的洞识是以牺牲语言的指涉性假定前提(如果我们可以这样讲的话)为代价的,是以牺牲语法能够在指涉的假定前提下形成基本的、相对的稳定意义为代价的,也许这才是德·曼真正的策略所在,不如此不足以引起人们对修辞的足够重视?

第七章

结 论

按照解构思维的逻辑,要对"修辞解构策略"做一个定义是危险的,也不可能的,否则只会被符号本身将这一意义解构掉,因为在解构思想中,没有"是"这个概念,"是"从来都不能"是",也许更好的表达方式是"不是"。又由于德·曼的修辞解构策略诉诸的不是一个层面的修辞方法,所以我们就不去对其定义,而是尽量对其进行一个描述。德·曼的解构策略继承了新批评的细读法以及语言学中符号学和修辞学的新观念,从修辞的角度进入文本,通过阅读中方法的、术语的以及思维的置换发展出自己的阅读策略,继而划定了自己的阵地界限。他的贡献在于给文学阐释提供了新的维度——解构和修辞维度,但与此同时也昭示了自己的盲点:即无限缩小了语言的指义意义,扩大了语言的修辞意义,否定了语言以及文本的相对稳定性,成为一种新的形而上学。

从操作层面上,德·曼的修辞解构是自内向外的解构,是要找寻潜藏在文本内部的修辞结构,进而将其解构。这就是说,当解构宣称所有的文本都是阅读的寓言,没有确定意义的时候,使解构运作可以开始的第一步就是在文章中找到一个意义或者中心或者结构,并以此为出发点和支撑点来着手解构之旅。这本身就是对解构的解构,即解构之前必须要先建立一个结构,解构批评要完成的第一个任务是建构。这个过程也可以说明为什么解构批评家尤其是德·曼针对的文本都是具体的,因为这个出发点是重要的,重要性在于解构要收到效果。但是,具有反讽意味的是德·曼的结论是综合性的。他总是能够将在具体文本中进行解构的策略用貌似客观的语言推向更广义的文本。也许,德·曼认为他所分析、阐释、解构的文本都是哲学、文学界极具代表性的,对它们的解构就意味着对所有文学家和哲学家的解构,意味着对所有文本的解构。但是,我们发现德·曼的解构策略是如此的个性化,而且我们绝对猜不出德·曼是究竟会在哪里找到一个文本可以开始解构的地方。对作品意义的守望变成了对文本修辞产生的断裂的追踪,审美的愉悦被解构的焦虑所取代,这一点实在难以让人接受,但是,谁也不可否认解构思维的创新性和它在一定程度上的合理性。实际上,虽然亚里士多德以及后代的诸多修辞学家就修辞研究著书立说,但是由于修辞的动态性、相对不稳定性,的确是文学真正要好好探讨的问题,而且不能因为其本身的复杂性而忽略它,这样只能是掩耳盗铃,反倒把认识中非常重要的维度忽略了,进而造成认识的偏差,不能有意识地对自身进行纠正。

  解构思维的创造性无可置疑,德·曼对语言、符号甚至修辞的认知以及对文本施行的解构都是有意义的,但是当德·曼将修辞放在聚光灯下,并对此进行放大认识的时候,作为文本内容一部分的语法的相对稳定性被缩小了。所以,我们理解德·曼的修辞解构策略问题不在于它给予我们的洞见,虽然这洞见确实弥补了人们对语言,尤其是修辞对于文学、文学理论以及认知的意义理解不足,德·曼在修辞阅读上矫枉过正的原因就是想让我们真正意识到语言中修辞维度的重要性。

  德·曼从修辞学角度对文学批评的领域开疆拓土从本质上讲也颇具伦理意义,他是把文学、语言学、符号学和修辞学的最新研究成果整合在一起,坚决反对理论家、批评家先前所持的"可信的阐释"这一"道德"必然。被称为"恐怖主义分子"的德·曼把文本确定的意义悬置起来,并非要摧毁文本及其后的意识形态大厦,而是提醒人们在"确定意义"的背后有着被人们忽略(牺牲)的事实,这事实在人们(至少在德·曼阅读)理解和认知的时候由于被忽略而受到误导,因此总是作为一种危机而存在,而一旦人们注意到这一点,至少就不应该视若无睹,安之若素。德·

曼开启了潘多拉的盒子,把修辞释放了出来,留下的却是不确定意义,虽然这是招致混乱的一个缘由,但是它也是考验在修辞凸现的形势下认识是否受到挑战的最好方式。正如德·曼自己强调解构不等于破坏,而且语言所有的标准用法还必将延续下去;他自己所从事的仅仅是使任一文本"处于"一个差异的体系中,从而表明文本自身具有不稳定性。意义是否能够经受挑战并战胜修辞这个敌人,应该受到充分的重视而不是被意识形态所压抑。这与德里达的异延以及踪迹说相辅相成。语言不是传统认识论中传达真理的工具,而是存在于一个动态的、差异的、立体的关系之中,在阅读和理解的过程中逃脱不了语言物质本身所带有的时间性、空间性、修辞性等等维度。因此,认为文本只有一个确定的意义只能是对文本意义的武断理解,只能是读者(个体)对于文本的理解。无论如何,修辞的维度已经并且会使文学的研究更加自觉、更加科学、更加具有伦理意识。

一种范式的稳定和持续总是伴随着随之而来的颠覆,这是历史的辩证学,是人类认知螺旋式上升的结果,比如文艺复兴之于中世纪,比如现实主义之于浪漫主义,比如后现代主义之于现代主义,还有解构主义之于结构主义,这种辩证的认识或多或少地探寻出认知的某一新的方向,并向其纵深开拓,然后左冲右突,最后达到一定的界限,再被下一个范式在某一个结点、或在某一层面以某种逻辑所取代。当艾布拉姆斯等学者质疑像德·曼这样持有解构观念的批评者陷入虚无主义之时,我们却发现这一策略的魅力恰恰在于其具有质疑的勇气和力量,这就是对文本原有的清晰、确定的观念进行否定的力量,在这力量之后是一种认知方式,它将文字和语言的光华剥落,让我们看到破碎的本质以及我们想利用文字抓住思想和进行交流的野心。

杰弗里·哈特曼称赞德·曼"是真正进入文学领域的极具哲学头脑的少数文学批评家之一",他倡导"以阅读文学文本的方式来阅读哲学文本,同时也应以阅读哲学文本的方式来阅读文学文本。"[①] 德里达在《多义的记忆——为保罗·德·曼而作》一书中曾说"解构所针对的,确

---

① 罗选民、杨晓滨. 超越批评的批评——杰弗里·哈特曼教授访谈录[J]. 中国比较文学,1998(1):107—110.

切地说是聚集系统的,亦即建筑学的、构成主义的规定",而不是建筑修辞学中的"有缺欠的墙角石"。德·曼式解构包含了对文学、批评以及理论文本的阅读,从修辞维度将整个认知体系中的语言基础(构成主义的规定)解构,意义的悬置不仅是德·曼送给批评者的礼物,它还开拓了文学文本研究的新道路。"他(德·曼)要阻止他们习以为常地、轻易地、过早地停止阅读。他以放弃道德说教和对'整体结构'的信奉为代价,强调文本的物质性,因而成为一个现代的先锋派。他是一个渴望降低我们阅读速度的学究。如果我们把他那些稀奇古怪的言论从他所注重的阅读过程中分离出来、抽象出来,或仅从字面而不是修辞性地去理解它们,我们就会无法掌握他的战略方法。"① 德·曼就是这样通过将哲学、语言学和文学动机整合在一起,通过修辞维度进入文本,将文本的意识形态完全解构了。在这个意义上,其解构策略甚至比批评语言学更前行了一步。他用修辞这块"墙角石"终于从内而外地解构了整个文本意义的大厦,继而解构了意识形态的大厦,从而成为美国解构思想的引领者!

① 林赛·沃特斯. 美学权威主义批判[M]. 北京:北京大学出版社,2000:126.

参考文献

[1] Arac, Jonathan, Godzich, Wlad, & Wallace Martin (eds.). *The Yale Critics: Deconstruction in America* [C]. Theory and History of Literature, Volume 6. Minneapolis: University of Minnesota Press, 1983.

[2] Austin, J. L. *How to Do Things with Words* [M]. Oxford: The Clarendon Press, 1962.

[3] Baldick, Chris. *Criticism and Literary Theory, 1890 to the Present* [M]. London & New York: Routledge, 1996.

[4] Benjamin, Walter. *Origin of the German Tragic Drama* [M]. Translated by J. Osborne. London: Verso, 1977.

[5] Booth, Wayne. *A Rhetoric of Irony* [M]. Chicago: University of Chicago Press, 1974.

[6] Boys-stones, G. R. *Metaphor, Allegory, and the Classical Tradition* [C]. New York: Oxford University Press, Inc., 2003.

[7] Bloom, Harold; De Man, Paul; Derrida, Jacques, et al. *Deconstruction and Criticism* [C], London and Henley: Routledge & Kegan Paul, 1979.

[8] Bloom, Harold. *The Best Poems of the English Language: From Chaucer Through Robert Frost* [C]. New York: HarperCollins Publishers, 2007.

[9] Brooks, Cleanth. *The Well Wrought Urn. Studies in the Structures of Poetry* [M]. New York: Harcourt, Brace & World. 1970.

[10] Brown, Stuart C. I. A. Richards' New Rhetoric: Multiplicity, Instrument, and Metaphor [J]. *Rhetoric Review*, Vol.10. No. 2. Spring, 1992.

[11] Burke, Kenneth. *A Rhetoric of Motives* [M]. Berkeley and Los Angeles: University of California Press, 1969.

[12] Burke, Kenneth. *A Grammar of Motives* [M]. New York: George Braziller, Inc, 1955.

[13] Booth, Wayne C. *The Rhetoric of Irony* [M]. Chicago and London: The University of Chicago Press, 1974.

[14] Campbell, George. *The Philosophy of Rhetoric* [M]. Ed. Lloyd. F. Bitzer. Carbondale: Southern Illinois University Press, 1988.

[15] Chandler, Daniel. *Semiotics for Beginners* [M]. http://www.aber.ac.uk/media/Documents/S4B/sem02.html [Z], 1999.

[16] Claire, Colebrook. *Irony* [M]. London: Routledge, 2004.

[17] Cohen, Tom ...[et al], *Material Events: Paul de Man and the Afterlife of Theory* [C], University of Minnesota Press, 2000.

[18] Critchley, Simon ...[et al], *Deconstruction and Pragmatism* [C]. London and New York: Routledge, 1996.

[19] Culler, Jonathan. *On Deconstruction* [M]. Ithaca, New York: Cornell University Press, 1982.

[20] Culler, Jonathan. *The Pursuit of Signs: Semiotics, Literature, Deconstruction* [M]. Ithaca, New York: Cornell University Press. 1981.

[21] Culler, Jonathan. *Deconstruction: Critical Concepts in Literary and Cultural Studies* [M]. London and New York: Routledge, 2003.

[22] Cunningham, James W. and Fitzgerald. Epistemology and Reading [J]. *Reading Research Quarterly*. Vol. 31, No.1, 1996.

[23] David, Robert Con & Schleifer, Ronald. *Rhetoric and Form: Deconstruction at Yale* [C]. Norman: University of Oklahoma Press, 1985.

[24] Day, Gail. Allegory: Between Deconstruction and Dailectics [J]. *Oxford Art Journal*. Vol 22. No. 1, 1999.

[25] De Graef, Ortwin. *Serenity in Crisis: A Preface to Paul de Man, 1939−1960* [M]. Lincoln: University of Nebraska Press, 1993.

[26] De Graef, Ortwin. *Titanic Light: Paul de Man's Post-Romanticism, 1960−1969* [M]. Lincoln & London: University of Nebraska Press, 1995.

[27] De Man, Paul. The Double Aspect of Symbolism [J]. *Yale French Studies*, No. 74. Phantom Proxies: *Symbolism* and the Rhetoric of History, 1988.

[28] De Man, Paul. *Roland Barthes and the Limits of Structuralism* [J]. *Yale French Studies*. No.77, 1990.

[29] De Man, Paul. A Letter from Paul de Man [J]. *Critical Inquiry*, Vol. 8, 1982.

[30] De Man, Paul. *Allegories of Reading* [M]. New Haven and London: Yale

University Press, 1979.
- [31] De Man, Paul. *The Post-Romantic Predicament: a study in the poetry of Mallarmé and Yeats* [M]. New York: Columbia University Press, 2012.
- [32] De Man, Paul. *Romanticism and Contemporary Criticism* [M]. Baltimore and London: The John Hopkins University Press, 1993.
- [33] De Man, Paul. *Aesthetic Ideology* [M]. Minneapolis/London: University of Minnesota Press. 1996.
- [34] De Man, Paul. *Critical Writings, 1953-1978* [M]. Minneapolis: University of Minnesota Press, 1989.
- [35] De Man, Paul. *Blindness and Insight: Essays in the Rhetoric of Contemporary Criticism* [M]. Minneapolis: University of Minnesota Press, 1983. Second Edition, Revised.
- [36] De Man, Paul. *The Rhetoric of Romanticism* [M]. New York, Columbia University Press, 1984.
- [37] De Man, Paul. *The Resistance to Theory* [M]. Minneapolis: University of Minnesota Press, 1986.
- [38] Derrida, Jacque. *Memoirs for Paul de Man* [M]. revised edition. New York: Columbia University Press, 1989.
- [39] Derrida, Jacque. *Margins of Philosophy* [M]. Chicago: The University of Chicago Press, 1982.
- [40] Derrida, Jacque. *Of Grammatology* [M]. Trans. Gayatri Chakravorty Spivak. Baltimore: John Hopkins University Press, 1974.
- [41] Derrida, Jacque. *Writing and Difference* [M]. London: Routledge & Kegan Paul Ltd, 1978.
- [42] Felperin, Howard. The Anxiety of Deconstruction [J]. *Yale French Studies*. No. 69. The Lesson of Paul de Man (1985).
- [43] Feury, Patrick and Nick Mansfield, *Cultural Studies and Critical Theory* [M]. Oxford: Oxford University, 2000.
- [44] Gasche, Rodolphe. *The Wild Card of Reading on Paul de Man* [M]. Cambridge, Massachusetts, and London, England: Harvard University Press, 1998.
- [45] Gearhart, Suzanne and De Man, Paul. Philosophy Before Literature: Deconstruction, historicity, and the work of Paul de Man [J]. *Diacritica*. Vol.13. No.4 Winter, 1983.
- [46] Genette, Gerard. "Rhetoric Restrained." *Figures of Literary Discourse* [M]. Trans. Alan Sheridan. New York: Columbia University Press, 1982.
- [47] Gross, Alan G. and Keith, William M. *Rhetorical Hermeneutics: Invention and Interpretation in the Age of Science* [M]. Albany: State University of New York

Press, 1997.
[48] Hartman, Geoffrey H. *Minor Prophecies: The Literary Essay in the Culture Wars* [M]. Cambridge, Massachusetts, and London, England: Harvard University Press, 1991.
[49] Herman, Luc, Humbeeck, Kris & Lernout, Geert, eds., *(Dis)continuities: Essays on Paul de Man* [M]. Amsterdam: Rodopi, Antwerpen: Restant, 1989.
[50] Jacobson, Roman. *On Language* [M]. Cambridge, Massachusetts, London, England: Harvard University, 1990.
[51] Johnson, Barbara. *A World of Difference* [M]. Baltimore & London: The Johns Hopkins University Press, 1987.
[52] Kamber, Gerald. and Macksey, Richard. *Negative Metaphor' and Proust's Rhetoric Absence* [J]. *MLN. Comparative Literature.* Dec., 1970.
[53] Kearns, Michael. Relevance, Rhetoric, Narrative [J]. *Rhetoric, Society.* Summer, 2001.
[54] Lakoff, George. *Metaphors We Live By* [M]. Chicago: The University of Chicago Press, 1980.
[55] Leech, Geoffrey N. *Principles of Pragmatics* [M]. New York, Longman Inc, 1983.
[56] Leitch, Vincent B. *American Literary Criticism: From the Thirties to the Eighties* [M]. New York: Columbia University Press, 1988.
[57] Levinson, Stephen C. *Pragmatics* [M]. Beijing: Foreign Language Teaching and Research Press, 2001.
[58] Livingstone, David N. and Harrison. Richard T. Meaning Through Metaphor: Analogy As Epistemology [J]. *Annuals of the Association of American Geographers.* Vol. 71. No.1. Mar, 1981.
[59] Logan, Marie-Rose. Rhetorical Analysis: Towards a tropology of Reading. New Literary History [J]. *Rhetoric I: Rhetorical Analyses.* Spring, 1978.
[60] Lodge, David. *The Modes of Modern Writing* [M]. Birkenhead: Willmer Brothers Limited, 1979.
[61] Moynihan, Robert. Interview with Paul Man [J]. *Yale Review*, 73, 1984.
[62] McQuillan, Martin. *Paul de Man* [M]. London: Routledge, 2001.
[63] M.H. Abrams. *A Glossary of Literary Terms* [M]. Beijing: Foreign Language Teaching and Research Press, 2004.
[64] Miller, J. Hillis. *The Ethics of Reading* [M]. New York, Oxford: Columbia University Press, 1987.
[65] Miller, J. Hillis. *The Linguistic Moment* [M]. Princeton: Princeton University Press, 1985.

[66] Nason, Richard W. *Boiled Grass and the Broth of Shoes: Reconstructing Literary Deconstruction* [M]. Jefferson, North Carolina, and London: McFarland & Company, Inc., Publishers, 1989.

[67] Nelson, Jeffrey T. *Double Reading: Postmodernism after Deconstruction* [M]. Ithaca and London: Cornell University Press, 1993.

[68] Norris, Christopher. *Deconstruction Theory and Practice* [M]. London and New York: Routledge, 1990.

[69] Norris, Christopher. *Deconstruction and the 'Unfinished Project of Modernity'* [M]. London: The Athlone Press, 2000.

[70] Norris, Christopher. *The Deconstructive Turn* [M]. London and New York: Methuen, 1983.

[71] Norris, Christopher. *Paul de Man: Deconstruction and the Critique of Aesthetic Ideology* [M]. New York & London: Routledge, 1988.

[72] Norris, Christopher & Mapp, Nigel. *William Empson: The Critical Achievement* [M]. Cambridge: Cambridge University Press, 1993.

[73] Norris Christopher. *The Contest of Faculties: Philosophy and Theory after Deconstruction* [M]. Poulakos, Takis, ed. Rethinking the History of Rhetoric. Boulder, San Francisco, Oxford, Westview Press, 1993.

[74] Rajan, Tilottama. *Deconstrction and the Remainders of Phenomenology* [M]. Stanford, California: Stanford University Press, 2002.

[75] Redfield, Marc. *Legacies of Paul de Man* [C]. New York: Fordham University Press, 2007.

[76] Redfield, Marc W. Humanizing de Man [J]. *Diacritics*, Vol. 19, 1989.

[77] Redfield, Marc W. De Man, Schiller, and the Politics of Reception [J]. *Diacritics*. Autumn, 1990.

[78] Richards, I. A. *The Philosophy of Rhetoric* [M]. New York: Oxford UP, 1936.

[79] Richards, I. A. *Principles of Literary Criticism* [M]. New York: Harcourt, Brace. 1925.

[80] Richter, David H. *The Critical Tradition: Classical Texts and Contemporary Trends* [C]. Boston & New York, Bedford/St. Martin's, 2007.

[81] Rosiek, Jan. *Figures of Failure: Paul de Man's Criticism 1953–1970* [M]. Aarhus: Aarhus University Press, 1992.

[82] Royle, Nicholas. *Deconstruction: A User's Guide* [C]. Houndmills, Basingstoke, Hampshire and NewYork: Palgrave, 2000.

[83] Saussure, F. de. *Course in General Linguistics* [M]. Beijing: Foreign Language Teaching and Research Press, 2001.

[84] Schrift, Alan D. *Nietzsche and the Question of Interpretation: Between*

Hermeneutics and Deconstruction [M]. New York London: Routledge, 1990.

[85] Scott, Robert L. On Viewing Rhetoric as Epistemic [J]. *Central States Speech Journal.* Vol. 18. Issue 1, 1967.

[86] Selden, Roman. Eds. *Literary Criticism* [C]. Cambridge: Cambridge University Press, 1995.

[87] Silverman, Hugh J. & Aylesworth, Gary E., eds. *The Textual Sublime* [C]. Albany: State University of New York Press, 1990.

[88] Spikes, Michael P. *Understanding Contemporary American Literary Theory* [M]. Columbia: University of South Carolina Press, 1997.

[89] Sutton, Jane. The Death of Rhetoric and Its Rebirth *in* Philosophy. [J]. *Rhetorica*, Summer, l.

[90] Thibault, Paul J. *Re-reading Saussure* [M]. London: Routledge, 1997.

[91] Ungerer, F. & Schmid, H. J. *An Introduction to Cognitive Linguistics* [M]. Shanghai: Shanghai Foreign Language Education Press, 2001.

[92] Vickers, Brian. The Atrophy of Modern Rhetoric, Vico to De Man [J]. *Rhetorica* 6:1, 1988.

[93] Vico, Giamttisto. *The New Science of Giamttisto Vico* [M]. rev. trans. of third ed. (1744) by T.G. Bergin and M. H. Fisch (Ithaca), N.Y., 1968.

[94] Waters, Lindsay. On Paul de Man's Effort to Re-Anchor a True Aesthetics in Our Feelings [J]. *Boundary* 2. Vol. 26. No. 2. Summer, 1999.

[95] Waters, Lindsay and Godzich, Wlad (eds). *Reading de Man Reading* [C]. Minneapolis: University of Minnesota Press, 1989.

[96] Wheeler, Kathleen. *Romanticism, Pragmatics and Deconstruction* [M]. Oxford UK & Cambridge USA: Blackwell, 1993.

[97] Wheeler III, Samual C. *Deconstruction as Analytic Philosophy* [M]. Stanford, California: Stanford University Press, 2000.

[98] Wordsworth, William. "*Essays upon Epitaphs*," in *The Poetical Works* [M]. Oxford: Oxford Press, 1949.

[99] Williams, Jeffrey. The Shadow of de Man [J]. *South Central Review.* Vol. 11. No. 1. Spring, 1994.

[100] Yeats, William Butler. "The Symbolism of Poetry". *Ideas of Good and Evil* [M]. London: Bullen, 1903.

[101] Young, Richard E. ...[et al]. *Rhetoric: Discovery and Change* [M]. New York Chicago San Francisco Atlanta: Harcourt, Brace & World, Inc, 1970.

[102] Wiener, Jon. The Responsibilities of Friendship: Jacques Derrida on Paul de Man's Collaboration [J]. *Critical Inquiry.* Vol. 15. No. 4, Summer, 1989.

[103] 艾柯等. 诠释与过度诠释[C]. 柯里尼编. 北京:生活·读书·新知三联书店,

1997.
[104] 昂热诺等. 问题与观点:20世纪文学理论综论[C]. 史忠义译. 天津:百花文艺出版社,1999.
[105] 昂智慧. 文本与世界——保尔·德曼文学批评理论研究[M]. 上海:上海人民出版社,2009.
[106] 昂智慧. 保罗·德曼、"耶鲁学派"与"解构主义"[J]. 外国文学,2003(6).
[107] 昂智慧.《忏悔录》的真实性与语言的物质性[J]. 外国文学评论,2004(3).
[108] 波德莱尔·查尔斯. 波德莱尔书信选集[M]. 芝加哥:芝加哥大学出版社,1996.
[109] 柏拉图. 柏拉图全集[M]. 王晓朝译. 北京:人民出版社,2003.
[110] 保罗·德·曼. 解构之图[M]. 李自修等译. 北京:中国社会科学出版社,1998.
[111] 贝内代托·克罗齐. 美学或艺术和语言哲学[M]. 黄文捷译. 天津:百花文艺出版社,2005.
[112] 本雅明. 德国悲剧的起源[M]. 陈永国译. 北京:文化艺术出版社,2001.
[113] 本雅明. 经验与贫乏[M]. 王炳钧译. 天津:百花文艺出版社,1999.
[114] 博克等. 当代西方修辞学:演讲与话语批评[C]. 常昌富等译. 北京:中国社会科学出版社,1998.
[115] 曹雷雨. 本雅明的寓言理论[M]. 外国文学,2004(1).
[116] 陈汝东. 认知修辞学的性质、理论来源及现实基础[J]. 锦州师范学院学报,2002(1).
[117] 陈望道. 修辞学发凡[M]. 上海:复旦大学出版社,2011.
[118] 陈嘉映. 语言哲学[M]. 北京:北京大学出版社,2006.
[119] 程志敏. 解构主义文学理论批判[J]. 四川外语学院学报,1999(3).
[120] 茨维坦·托多罗夫. 象征理论[M]. 王国卿译. 北京:商务印书馆,2004.
[121] 崔雅萍. 论美国的解构主义批评[J]. 西北大学学报,2002 (2).
[122] 戴维·罗宾逊. 尼采与后现代主义[M]. 程炼译. 北京:北京大学出版社,2005.
[123] Dickstein, Morris. 伊甸园之门——历史年代美国文化 [M]. 方晓光译. 上海:上海外语教育出版社,1995.
[124] 董琦琦. 象征与譬喻[J]. 西北大学学报,2007(6).
[125] 恩斯特·贝勒尔. 尼采、海德格尔与德里达[M]. 李朝晖译. 北京:社会科学文献出版社,2001.
[126] 恩斯特·卡希尔. 语言与神话[M]. 于晓等译. 北京:生活·读书·新知三联书店,1988.
[127] 恩斯特·卡希尔. 人文科学的逻辑[M]. 关子尹译. 上海:上海译文出版社,2004.

[128] 方生. 后结构主义文论[M]. 王岳川主编. 济南:山东教育出版社,1999.
[129] 弗朗索瓦·多斯. 从结构到解构:法国20世纪思想主潮[M]. 季广茂译. 北京:中央编译出版社,2004.
[130] 弗雷德里克·詹姆逊. 文化转向[M]. 胡亚敏等译. 北京:中国社会科学出版社,2000.
[131] 弗里德里希·尼采. 古修辞学描述[M]. 屠友祥译. 上海:上海人民出版社,2001.
[132] 高辛勇. 修辞学与文学阅读[M]. 北京:北京大学出版社,1997.
[133] 郭鸿. 现代西方符号学纲要[M]. 上海:复旦大学出版社,2008.
[134] 郭宏安,章国锋,王逢振. 二十世纪西方文论研究[M]. 北京:中国社会科学出版社,1998.
[135] 郭军. 保罗·德·曼的误读理论或修辞学版本的解构主义[J]. 四川外语学院学报,2005(4).
[136] 哈兰德. 从柏拉图到巴特的文学理论[M]. 北京:外语教学与研究出版社,2005.
[137] 黄雪. 浅谈修辞隐喻、认知隐喻和语法隐喻[J]. 黑龙江教育学院学报,2009(10).
[138] 康澄. 象征与文化记忆[J]. 外国文学,2008(1).
[139] 海德格尔. 存在与时间[M]. 北京:生活·读书·新知三联书店,1999.
[140] 黑格尔. 美学[M]. 朱光潜译. 北京:商务印书馆,1996.
[141] 胡曙中. 美国新修辞学研究[M]. 上海:上海外语教育出版社,1999.
[142] 胡曙中. 英语修辞学[M]. 上海:上海外语教育出版社,2002.
[143] 胡壮麟. 认知隐喻学[M]. 北京:北京大学出版社,2004.
[144] 约瑟夫·希利斯·米勒,金惠敏. 永远的修辞性阅读——关于解构主义与文化研究的访谈——对话[J]. 外国文学评论,2001(1).
[145] 杰弗里·哈特曼. 荒野中的批评[M]. 张德兴译. 天津:天津人民出版社,2007.
[146] 科拉克(Kolak). 哲学经典选读[C]. 北京:北京大学出版社,2002.
[147] 克洛德·列维-施特劳斯,结构人类学[M]. 张祖建译. 北京:中国人民大学出版社,2006.
[148] 克洛德·列维-施特劳斯. 野性的思维[M]. 李幼蒸译. 北京:中国人民大学出版社,2006.
[149] 兰瑟姆. 新批评[M]. 王腊宝等译. 南京:江苏教育出版社,2006.
[150] 勒内·韦勒克,奥斯汀·沃伦. 文学理论[M]. 刘象愚等译. 南京:江苏教育出版社,2005.
[151] 理查德·沃林. 文化批评的观念[M]. 周宪,许钧主编. 北京:商务印书馆,2000.

[152] 李宏. 德里达与耶鲁学派差异初探[J]. 湖南大学学报, 2002(1).
[153] 李金苓. 认知:修辞研究的新视角[J]. 修辞学习, 2007(4).
[154] 李龙. 解构与"文学性"问题[J]. 当代外国文学, 2008(1).
[155] 李建军. 小说修辞研究[M]. 北京:中国人民大学出版社, 2003.
[156] 李眉, 尤文虎. 解构主义的语言学传统[J]. 福建外语, 2002(3).
[157] 李衍柱. 文学理论:面对信息时代的幽灵[J]. 文学评论, 2002(1).
[158] 李幼蒸. 理论符号学导论[M]. 北京:社会科学文献出版社, 1999.
[159] 李增. 论保罗·德·曼情感理论和修辞理论的统一[J]. 外国文学研究, 2003(3).
[160] 林赛·沃特斯. 美学权威主义批判[M]. 北京:北京大学出版社, 2000.
[161] 刘亚猛. 追求象征的力量[M]. 北京:生活·读书·新知三联书店, 2004.
[162] 刘光准, 黄苏华. 关于象征[J]. 解放军外国语学院学报, 2008(2).
[163] 陆扬. 德里达·解构之维[M]. 武汉:华中师范大学出版社, 1996.
[164] 洛思巴特(Rothbart, D.). 科学哲学经典选读[C]. 影印本. 北京:北京大学出版社, 2002.
[165] 罗兰·巴尔特. 罗兰·巴尔特文集:符号学历险[A,C]. 李幼蒸译. 北京:中国人民大学出版社, 2008.
[166] 罗兰·巴尔特. 符号学原理[M]. 李幼蒸译. 北京:中国人民大学出版社, 2008.
[167] 罗杰鹏. 德曼与布鲁姆解构阅读法之比较[J]. 思想战线, 2004(1).
[168] 罗杰鹏. 耶鲁学派在中国的种种解读[J]. 浙江师范大学学报, 2007(5).
[169] 罗婷. 符号学[J]. 外国文学, 2004(2).
[170] 罗选民, 杨晓滨. 超越批评的批评——杰弗里·哈特曼教授访谈录[J]. 中国比较文学, 1998(1).
[171] 乔纳森·卡勒. 论解构[M]. 北京:中国社会科学出版社, 1998.
[172] 迈耶·霍华德·艾布拉姆斯. 镜与灯[M]. 骊稚牛, 张照进, 童庆生译. 北京:北京大学出版社, 2004.
[173] 迈耶·霍华德·艾布拉姆斯. 文学术语词典[M]. 吴松江等编译. 北京:北京大学出版社, 2009.
[174] 迈耶·霍华德·艾布拉姆斯. 以文行事:艾布拉姆斯精选集[C]. 南京:译文出版社, 2010.
[175] 马驰. 德里达·解构之维[M]. 武汉:华中师范大学出版社, 1996.
[176] 毛崇杰. 解构主义再循迹——从尼采到德里达和希利斯·米勒[J]. 杭州师范学院学报, 2001(6).
[177] 莫瑞·克里格. 批评旅途:六十年代之后[M]. 李自修等译. 北京:中国社会科学出版社, 1998.
[178] 诺斯罗普·弗莱. 批评的解剖[M]. 陈慧, 袁宪军, 吴伟仁译. 天津:百花文艺

出版社,2006.
- [179] 乔治·莱考夫. 乔治·莱考夫认知语言学十讲[Z]. 高远,李福印编. 北京:北京航空航天大学外国语系,2005.
- [180] 尚杰. 解构的文本——读书札记[M]. 北京:中国社会科学出版社,1999.
- [181] 盛宁. 二十世纪美国文论[M]. 北京:北京大学出版社,1994年.
- [182] 盛宁. 人文困惑与反思——西方后现代主义思潮批判[M]. 北京:生活读书新知三联书店,1997.
- [183] 盛宁. "解构":在不同文类的文本间穿行[J].外国文学评论,2005(3).
- [184] 施莱格尔. 浪漫派风格——施莱格尔批评文集[M]. 李伯杰译. 北京:华夏出版社,2005.
- [185] 斯图亚特·西姆. 德里达与历史的终结[M]. 王昆译. 北京:北京大学出版社,2005.
- [186] 束定芳. 隐喻学研究[M]. 上海:上海外语教育出版社,2000.
- [187] 束定芳. 认知语义学[M]. 上海:上海外语教育出版社,2008.
- [188] 苏宏斌. 走向文化批判的解构主义[J]. 外国文学评论,1996年第1期.
- [189] 特雷·伊格尔顿. 二十世纪西方文学理论[M]. 伍晓明译. 北京:北京大学出版社, 2007.
- [190] 特里·伊格尔顿. 文学原理引论[M]. 刘峰等译. 北京:文化艺术出版社,1987.
- [191] 彼得·却尔. 解释:文学批评的哲学[M]. 吴启之,顾洁洪译. 文化艺术出版社,1991.
- [192] 瓦尔特·本雅明. 德国悲剧的起源[M]. 陈永国译. 北京:文化艺术出版社,2001.
- [193] 瓦尔特·本雅明. 本雅明文选[M]. 陈永国,马海良编. 北京:中国社会科学出版社,1999.
- [194] 王逢振,盛宁,李自修. 最新西方文论选[C]. 桂林:漓江出版社,1991年.
- [195] 王广州. 美国解构主义理论家保罗·德曼研究述评[J]. 国外理论动态,2006(3).
- [196] 王文斌. 隐喻的认知构建与解读[M]. 上海:上海外语教育出版社,2007.
- [197] 王宁. 超越后现代主义[M]. 北京:人民文学出版社,2002.
- [198] 王岳川. 二十世纪西方哲性诗学[M]. 北京:北京大学出版社,1999.
- [199] 汪民安,陈永国,马海良主编. 后现代性的哲学话语:从福柯到赛义德[C]. 杭州:浙江人民出版社,2000.
- [200] 韦勒克,沃伦. 文学理论[M]. 刘象愚等译. 南京:江苏教育出版社,2005.
- [201] 翁贝尔托·埃科. 符号学与语言哲学[M]. 王天清译. 天津:百花文艺出版社,2005.
- [201] 温科学. 20世纪西方修辞学理论研究[M]. 北京:中国社会科学出版社,2006.

[203] 沃尔夫冈·伊瑟尔. 怎样做理论[M]. 朱刚等译. 南京:南京大学出版社,2008.

[204] 沃坦恩格伯(Wartenberg, T. E.). 艺术哲学经典选读[C]. 影印本. 北京:北京大学出版社,2002.

[205] 希利斯·米勒. 重申解构主义[M]. 郭英剑译. 北京:中国社会科学出版社,1998.

[206] 夏光. 后结构主义思潮与后现代社会理论[M]. 北京:社会科学文献出版社,2003.

[207] 萧莎. 德里达的文学论与耶鲁学派的解构批评[J]. 外国文学评论,2002(4).

[208] 谢少波. 抵抗的文化政治学[M]. 陈永国,汪民安译. 北京:中国社会科学出版社,1999.

[209] 徐珂. 解构主义在中国的传播和研究综论[J]. 社会科学辑刊,2001(4).

[210] 雅克·德里达. 论文字学[M]. 汪家堂译. 上海:上海译文出版社,1999.

[211] 雅克·德里达. 书写与差异[M]. 张宁译. 北京:生活·读书·新知三联书店,2001.

[212] 雅克·德里达. 多义的记忆——为保罗·德·曼而作[M]. 蒋梓骅译. 北京:中央编译出版社,1999.

[213] 亚里士多德. 诗学[M]. 陈中梅译注. 北京:商务印书馆,1999.

[214] 亚里士多德. 修辞学[M]. 罗念生译. 北京:生活·读书·新知三联书店,1991.

[215] 约埃尔·魏因斯海默. 哲学诠释学与文学理论[M]. 北京:中国人民大学出版社,2011.

[216] 詹明信. 晚期资本主义的文化逻辑[M]. 张旭东编,陈清侨等译. 北京:生活·读书·新知三联书店,1997.

[217] 杰姆逊. 后现代主义与文化理论[M]. 唐小兵译. 北京:北京大学出版社,1997.

[218] 詹姆逊. 政治无意识[M]. 王逢振,陈永国译. 北京:中国社会科学出版社,1999.

[219] 张龙溪. 道与逻各斯[M]. 成都:四川人民出版社,1998.

[220] 张沛. 隐喻的生命[M]. 北京:北京大学出版社,2004.

[221] 张庆熊,周林东,徐英瑾. 二十世纪英美哲学[M]. 北京:人民出版社,2005.

[222] 张汝伦. 现代西方哲学十五讲[M]. 北京:北京大学出版社,2003.

[223] 张志伟. 西方哲学十五讲[M]. 北京:北京大学出版社,2004.

[224] 张旭春. 时间性的修辞[J]. 四川外语学院学报,2003(1).

[225] 臧运峰. 象征与寓言的辩证法[J]. 中国海洋大学学报,2005(4).

[226] 赵芳. 索绪尔、德里达和皮尔士符号理论综述[J]. 雁北师范学院学报,2001(4).

[227] 赵一凡. 美国文化批评集[M]. 北京:生活·读书·新知三联书店,1994.
[228] 周颖. 保罗·德曼:从主体性到修辞性[J]. 外国文学,2001(2).
[229] 周颖. 盲视与洞见[J]. 南阳师范学院学报,2004(1).
[230] 周颖. 辨析解构关键词:"延异"与"寓言"[J]. 外国文学,2007(4).
[231] 郑敏. 结构——解构视角:语言·文化·评论[M]. 北京:清华大学出版社,1998.
[232] 朱刚. 本源与延异:德里达对本原形而上学的解构[M]. 上海:上海人民出版社,2006.

附 录

德·曼耶鲁课程表

[Appointed to Yale, but on leave with Guggenheim Fellowship, 1970-1971]

1971-1972:
 F'71: Comp.Lit.130a: "Nietzsche's Theory of Rhetoric"
 French 142a: "Jean-Jacques Rousseau"
 S'72: Comp. Lit. 131b: "The Image of Rousseau in European Romanticism"
 French 163b: "Proust et la theorie du roman"

1972-1972:
 F'72: French 142a: "Jean-Jacques Rousseau (zeme partie)"
 S'73: Comp. Lit. 138b: "Romantic Autobiography"
 French 167b: "Mallarme"

[On leave 1973 – 1974: teaches "Methodology" and "Nietzsche" and "Rousseau" at the University of University of Zurich; "Rousseau" at the Free University of Berlin]

1974–1975:

    F'74: French 149a: "Theorie du roman au XVIII siècle (Marivaux, Prevost et Diderot)"

    S'75: Comp Lit.140b: "Theories of Language in the 18th and Early 19th Centuries"

    French 165b: "Andre Gide"

1975–1976:

    F'75: French 174a: "Lecture de texts the oriques"

    S'76: Comp. Lit. 142b: "Theory of Irony"

    French 162b: "La poesie de Paul Valery"

[Teaches a NEH seminar, summer 1976]

1976–1977:

    F'76: [continuation of NEH seminar]

    S'77: Lit. Zb: "Reading and Rhetorical Structures" (with Geoffrey Hartman)

    "Epistemology of Metaphor"

1977–1978:

    F'77: [NEH seminar 1977–1978: a full-year seminar (led to *Studies in Romanticism* issue)]

    S'78: Lit 130b (formerly Lit .Zb) (with Geoffrey Hartman)

    Comp.Lit.910b: "Baudelaire, Yeats, Rilke"

[Teaches "Rhetoric of Romanticism" and "Lyric: Baudelaire, Yeats, Rilke" at the University of Constanz, and "Baudelaire and Rimbaud" at the University of Zurich during the summer of 1978]

1978-1979:
   F'78: Comp.Lit.800a: "Autobiography"
   S'79: Lit.130b (with J. Hillis Miller)
        French 850b: "Descartes and Pascal"
   [Teaches Comp. Lit. 377: "Baudelaire/Rilke/Yeats," and Comp. Lit. 388: "Theory of Rhetoric," at the University of Chicago, spring-summer 1979]

1979-1980:
   F'79: "Rhetorical Readings"
   S'80: Lit.130b (with Geoffrey Hartman)
        Comp.Lit.815b: "Hegel's Aesthetik"

1980-1981:
   F'80: Comp.Lit.816a: "Hegel and English Romanticism" (with Hartman)
   S'81: Lit.130b (with Geoffrey Hartman)

[Teaches NEH summer seminar: "Rhetorical Readings," summer 1981]

[On leave with Guggenheim Fellowship 1981-1982; Lit.130b is taught by Hartman and Warminski]

[teaches "Rhetoric, Aesthetics, and Ideology" at the School of Criticism and Theory, Northwestern University, summer 1982]

1982-1983:

F'82: Comp.Lit.817a: "Aesthetic Theory from Kant to Hegel"
S'83: Comp.Lit.790b: "Theories esthetiques de Diderot a Baudelaire"
　　　Lit.130b (with Andrzej Warminski)

1983-1984:
F'83: "Theory of Rhetoric in the 18th and 20th Centuries"